# 村上兄弟

蒋坤元　著

经济日报出版社

图书在版编目（CIP）数据

村上兄弟 / 蒋坤元著. -- 北京：经济日报出版社，
2022.5

ISBN 978-7-5196-1171-2

Ⅰ.①村... Ⅱ.①蒋... Ⅲ.①长篇小说—中国—当代
Ⅳ.①I247.5

中国版本图书馆CIP数据核字（2022）第149554号

## 村上兄弟

| | |
|---|---|
| 作　　者 | 蒋坤元 |
| 责任编辑 | 周　璠 |
| 助理编辑 | 王孟一 |
| 责任校对 | 李晟北 |
| 出版发行 | 经济日报出版社 |
| 地　　址 | 北京市西城区白纸坊东街2号A座综合楼710（邮政编码：100054） |
| 电　　话 | 010-63567684（总编室） |
| | 010-63584556（财经编辑部） |
| | 010-63567687（企业与企业家史编辑部） |
| | 010-63567683（经济与管理学术编辑部） |
| | 010-63538621　63567692（发行部） |
| 网　　址 | www.edpbook.com.cn |
| E - mail | edpbook@ 126.com |
| 经　　销 | 全国新华书店 |
| 印　　刷 | 长沙创峰印务有限公司 |
| 开　　本 | 880 mm × 1230 mm　1/32 |
| 印　　张 | 8.75 |
| 字　　数 | 110千字 |
| 版　　次 | 2022年5月第1版 |
| 印　　次 | 2022年5月第1次印刷 |
| 书　　号 | ISBN 978 - 7 - 5196 - 1171 - 2 |
| 定　　价 | 56.00元 |

# 目录

# 第一章
# 从木匠老牛开始

以前看过一部美国电影《阿甘正传》，我就想写写我们村里的木匠老牛。

先说阿甘。

阿甘小时候是一个双腿不利索，而且智商很低的儿童。一直被其他孩子欺负，只有珍妮真心对他好。也正是珍妮让他不再受自己双脚的束缚，施展自己的才华。阿甘是一个励志的人物。

我想说的木匠老牛，虽说他干着平凡又艰苦的木匠活儿，但他始终热爱劳动、而且为人诚恳，惩恶扬善，可以说他也是一个励志的人物。

这个故事就是发生在 20 世纪 70 年代后期。众所周知，那时候农村还是吃大锅饭，许多农民都得下地劳动。老牛是木匠，所以，他并不需要下地劳动，农忙期间，如果生产队农活儿忙不过来，就会把他叫过来，让他一起跟着农民们"抢收抢种"。

我就从老牛上学堂写起吧。

老牛的父母亲都是农民，而且他们都不识字。虽说他们不识字，但他们都明白，只有读书可以改变命运。所以，老牛到了读书年龄，父母亲就送他到学校读书。有人开玩笑对老牛的父亲说，你想让儿子读书出头，那就要给老师买一个猪头。

他的父亲竟然信以为真。

老牛第一天上学的日子，他父亲背着一个猪头与老牛一块来到了学校。学校不大，有两个老师，一个男老师，一个女老师。这下可把他父亲给难住了，他只有一个猪头，那么，这个猪头送给哪位老师呢？

老牛对父亲说："你把猪头带回家，我要吃猪头肉。"

他父亲说："你第一天上学堂，给老师送猪头有好运的，不送猪头的学生都是猪脑子，老师收下这个猪头，就把这些猪头吃掉了，那他教导的学生就变得更聪明了。"

老牛无奈地说："爸，你看，就你背了一个猪头过来，其他的家长都没有带猪头过来啊！"

他父亲看了看其他的家长，果然他们都没带猪头。

但他不相信老牛的话，他对老牛说："你是小孩子，你懂个屁啊，你不要管其它的学生，或许他们的家长已经把猪头送给老师了啊。"

老牛说："那我去问问他们。"

未等他父亲答应，他转身就拉住了一个女同学，那女同学并不认得她，见他拉住自己，便哭叫道："老师，老师，救命啊！"

那个女老师听见女孩的叫声，就跑了过来，将他俩拉开。女老师问老牛："你拉女同学想做什么？"

老牛说："我想问问她有没有给老师送一个猪头？"

女老师听他说要给老师送一个猪头，便大笑起来，说："谁说要给老师送猪头呢？"

---

老牛伸手拉女同学原来是一场误会，所以，女老师对那位女同学说："没事了，你们都是同学了，以后你们在一块要好好读书，好好玩。"

女同学很听老师的话，便停止了哭泣。

而老牛跑到父亲跟前，对父亲说："阿爸，老师说没有同学给老师送猪头的。"

他父亲说："不可能吧，我亲耳听到别人说，小孩上学堂要给老师送一个猪头的。"

老牛说："爸爸，猪头你带回去，我要吃猪头肉。"

他父亲说："不行，猪头带都带过来了，一定要送给老师的。"

说完，他父亲提着猪头来到了老师办公室，两位老师都在。他把猪头放在办公桌上，对两位老师说："两位老师好，我只送过来一个猪头，你俩分一下，各人半个猪头。"

两位老师很惊诧，你这是什么意思呢？

老牛爸说："村里人说，小孩读书第一天要给老师送一个猪头，所以，我买了一个猪头送给你们吃。"

男老师说："没听说过有这样的说法啊。"

女老师说："我们可不能收这个猪头，你得带走。"

老牛爸却不这样认为。他说："你们不收我送给你们的猪头，这不是看不起人吗？"

男老师说："我们学校有规定，老师不可以收取学生以及学生家长的礼物，如果收下你的猪头，那我们就是犯错误了，后果就严重了。"

老牛爸说："我不知道学校有这个规定，只知道是我们这里有这样的风俗。"说完，他转身就走了。那个猪头血淋淋的就放在办公室的桌子上。

老牛爸走了，怎么处理这个猪头呢？这可是一个难题，两位老师不知所措。他们找到老牛，要他放学后把这个猪头给带回去。

老牛说什么也不要，他说："我把猪头背回去，那我的屁股就要被我爸打肿了，所以打死我，我也不会背这个猪头回家。"

男老师对女老师说："这样吧，你半个，我半个，那也是同学家长的心意。"

女老师说："我不要这猪头，我们家没人吃猪头肉。"

男老师想了想说："那就把这个猪头留在学校食堂吧。"

女老师说："这可以的。"

其实，学校食堂没有厨师，做饭是两位老师轮流做的。所以，女老师对男老师说："这个猪头还是麻烦你斩开，还有把猪毛给拔干净，我从来没有做过这种事情。"

男老师说："行，做猪头我是内行，因为每年过春节我要买一个猪头，做猪头肉糕吃，那可是我最喜欢吃的一种美食。"

---

老牛从小就是一个机灵鬼。有一天，他一个人经过邻村，有一个比他大两岁的男孩子把他给拦住了。

大男孩说："你要到哪里去？"

老牛说："我去找同学玩。"

大男孩见他年纪小，可以欺负他，就对他说："你身上有钱吗？"

老牛说："没有。"其实，他的裤兜里有5角钱，是5张1角票面的钱。不管怎样，他对自己说，不能给男孩1分钱。如果男孩动手打他，他就准备抓起地上一块石头……

大男孩说："你举起双手，让我看你的裤兜。"

老牛说："我又不是坏人，凭什么让我举手投降啊。"

"没让你投降，只是让你举起手，让我看你裤兜里有没有钱？"

"告诉你，我的裤兜里1分钱也没有。"

"你说了不算，我看过裤兜了才能相信你的话。"

"你不相信我的话，我就不给你看。"

大男孩伸手抓住老牛的胸脯说："你给不给我看裤兜。"说着，大男孩把老牛身子拎了起来。然而，老牛并不挣扎，他警告大男孩："如果你不放开我，我知道你家在哪儿，我要一把火烧了你的家！"

大男孩真火了，说："我就是不放你。"

他抓着老牛的胸脯，将他推来推去，老牛的身子便晃来晃去。老牛说："你要么把我打死，我死了也不会放过你。"

大男孩说："你让我看看你的裤兜不就是没事了吗？"

老牛心想，如果被他查看裤兜了，那5角钱就被他发现了，那钱就保不住了。这5角钱来之不易啊，他的父母在田里干一天农活儿，一天挣的工分也没有那么多，所以说什么也不能让他查看自己的裤兜。

老牛说："你放开我！"

大男孩说："你答应让我查看你的裤兜，我就松手。"

老牛看到脚底下有一块石头，心想只要他一松手，自己就捡起那块石头，自己手里握着石头，那就不用怕他了。所以，老牛假装答应了，说："那我答应你，你先放开我。"

大男孩信以为真，就松手了。

老牛以迅雷不及掩耳之势捡起了地上那块石头，并高高地举起，说："你把手举起来，不然我砸死你！"

大男孩原来外强中干，他吓得马上举起了手。

老牛说："你身上有钱吗？"

大男孩说："没有。"

老牛说："我身上的一只哨子不见了，你必须得赔我。"

大男孩见老牛人小，以为好欺负，结果偷鸡不成蚀把米，本想敲诈老牛一点儿零花钱，不料老牛却不依不饶地向他索要哨子钱。

老牛手里扬着一块石头，对大男孩说："你赔我一只哨子。"

大男孩举着双手说："我真的没拿。"

"就是你拿的，哨子就在我口袋里的，现在不见了。"

"我哪儿碰你口袋了？"

"这个不管，是你拦住我，不让我走，我的那只口哨就不见了。"

"那是你自己的事。"

"你拦住了我，我就丢了口哨，这就是你的事，你不赔我口哨，有两条路可以供你选择。"

大男孩放下双手。

老牛扬起石头说："把双手举起来。"

大男孩又老实地举起了双手，无奈地说："有哪两条路可以让我选择呀？"

老牛已经想好了对付他的妙计，不慌不忙地说："要么你赔我2元钱，要么让我用石头砸你家的大门，随便你选择。"

大男孩说："你不能这样对待我呀。"

老牛说："谁叫你拦住我呢？不给你一点儿教训，你以后还是会对我们小朋友敲诈勒索，今天我教训你一下，让你长长记性。"

大男孩说："以后我再也不敢了。"

老牛说："谁会相信你呢？"

大男孩跺脚道："我对天发誓，如果我欺负小孩，我家就被火烧。"

老牛说："你对天发誓没用，我只要你付我2元钱。"

大男孩哭丧着脸说："我身上真的没有钱啊，下次我真的不敢拦你了。"

老牛说："你身上没有，可以回家去拿。"

大男孩说："我家里也没有。"

老牛说："如果你不给我2元钱，那只好你家的大门让我砸了。"

大男孩说："我爸知道这事要打断我腿的。"

老牛说："你刚才拦我的时候，怎么没有想到你父亲要打断你的腿呢？不要多说了，快把2元钱给我，不给我，我的耐心是有限的，不可能一直这样与你僵持下去。"说着，老牛看见脚下还有一块石头，于是又捡起了那块石头。他警告大男孩，说："现在我手里有两块石头，你如果逃跑，那我手里的石头可不长眼睛。"

大男孩说："我不会逃跑的，你用石头砸我，砸死我，你要偿命的，我料你不敢。"

老牛叫道："那你逃呀，你有种就逃。"

大男孩吓得脸色都变了。他语无伦次地说："我家里有 1 元钱，给你 1 元钱，1 元钱好不好？"

老牛回敬道："不好，1 分钱也不能少。"

━━━━━━━━━━━━━━━━━ ❦ ━━━━━━━━━━━━━━━━━

后来，大男孩的父亲来了，问怎么回事？老牛指着大男孩对他说："你问他。"只见老牛手里捏着两块石头。男孩父亲急忙对老牛说："你可不能砸石头啊，那可要脑袋开花的哟。"

老牛说："给我 2 元钱，我就走。"

男孩父亲拎着大男孩的耳朵说："你长这么大，年龄都活在狗身上，父亲的脸都被你丢光了。"

最后，男孩父亲拿出了 2 元钱。

老牛拿过钱，手里捏着两块石头走了。

就这样，老牛是"小强横"的绰号传开了。

那一年，老牛 12 岁，母亲在自留地上种了几个西瓜。老牛每天到自留地察看，有一天他回家对母亲说："妈，我看见自留地上长出了好几个西瓜。"

老牛妈说："这真是太好了。"

又说："有一朵花就会结一个西瓜。"

老牛说："那有数不清的花，就会长出来数不清的西瓜吗？"

"不会。"

"为什么？"

"因为有的花会凋谢，花没了，那一个西瓜也就没了。"

"那要保护好花啊。"

"对的，所以，你不要到瓜地里走动，可不要碰掉花啊！"

"我知道了。"

从此以后，老牛上学时，还有放学时都会跑到自留地，观察西瓜在不在长大，西瓜长大了，看西瓜会不会被人偷走。

他看到有两个特别大的西瓜，本来想采摘回去，但母亲说那西瓜还不熟，让它们多长几天，西瓜熟了才是甜蜜的。

老牛上课的心思都在这两个西瓜上。

那一天放学的时候，他远远看到有一头黑水牛就在自留地旁边的草地上吃草。他想，这两个西瓜会不会被看牛人偷走呢？

所以，他急急忙忙地跑过去，走近瓜地一看，两个大西瓜没了。

老牛走到看牛人跟前，他认定是看牛人偷了西瓜，所以对他说："你把两个大西瓜拿出来。"

"我做梦也没有想到这里有大西瓜。"看牛人说。

"但是，我早上看见两个大西瓜还在的，怎么现在会没有了呢？"老牛说。

"我在看牛，又没有看你家自留地的西瓜。"看牛人说。

"你现在自觉拿出大西瓜，我不跟你计较，如果被我找出了那个大西瓜，那我可要对你不客气。"老牛说。

"你想怎样？"看牛人说。

"明天我就在学校黑板报上写茅天生的父亲是个贼。"老牛说。茅天生是老牛的同班同学。

"你可不能这样做啊！"看牛人有点儿急了。

---

老牛吃定看牛人偷了这两个大西瓜。但看牛人并不承认。看牛人说："我看你是小孩子，你这样血口喷人，我不跟你计较，但我会找你父母亲去说，让他们给评评理。"

看牛人这么说，老牛觉得有必要跟他挑明了，他说："这两只西瓜就是你偷的，明天我不仅要在黑板报上写文章，还要生产队里贴大字报，告诉大家我家的两个大西瓜就是你偷的。"

看牛人说："你有种，我打断你的腿。"

"你打断我一条腿，我打断你儿子两条腿，我们走着瞧，不信你试试看。"老牛握紧了拳头说。

老牛开始在自留地四周寻找那两个大西瓜。

看牛人急了，他说："我与你父母的关系都好的，不要因为这两个西瓜种下仇恨。"

老牛说："你把两个大西瓜还给我，不就没有仇恨了吗？"

看牛人说："可是，我并没有偷两个大西瓜啊！"

老牛说："现在你拿出来还来得及，等我找到那两个大西瓜，那事情就真的闹大了。"

老牛是步步紧逼，看牛人是节节败退。最后，看牛人老老实实地从草地里拿出了那两只大西瓜，对老牛说："这大西瓜真的不是我偷的，是我在草地里看见的，这个事情我得跟你讲清楚。"

老牛想：只要拿回大西瓜，至于这大西瓜是不是你偷的，这个问题糊涂一点儿又有什么关系呢？所以，老牛对看牛人说："那我就不说你是偷瓜贼。"

看牛人说："我不是偷瓜贼，相反，我是学习雷锋做好事。"

老牛笑道："你是学习雷锋做好事啊，那明天我在黑板报上就写茅天生的父亲在草地里发现了两个大西瓜……"

看牛人恨不得抽自己一记耳光，说："你这个可不能写，如果被大家误会，那好事就变成坏事了。"

老牛说："因为你说是学习雷锋做好事，做好事那就得上学校黑板报。"

看牛人说："我只是在草地里发现了两个大西瓜，并不是我捉住了偷瓜贼，如果我是偷瓜贼……"

老牛笑了，说："你自己承认是偷瓜贼了，我可没有说你是偷瓜贼。"

看牛人脸红道："我说错了，只是口误，你不能抓住我的辫子不放啊！"

老牛想，自留地里还有西瓜长着，冷不防他以后还会偷西瓜。所以，他向看牛人提出了警告，说："只要你以后不偷我家的西瓜，今天这件事情就算了，下不为例。"

看牛人苦笑道："羊肉没吃上，反倒是沾了一身羊膻气。"

---

终于一切都归于平静。第二天早晨，老牛刚到学校，茅天生就找到他，悄悄地递给他两只熟鸡蛋，说："这是我爸爸让我带给你吃的。"

老牛说："这个鸡蛋你自己吃。"

茅天生说："我爸特别嘱咐我的，这个鸡蛋一定要送给你吃。"

老牛说："那你爸还对你说了啥？"

茅天生说："我爸对我说，要你不要写黑板报，不要写两个大西瓜。"

老牛说："这个我答应过你爸的，既然两个大西瓜找到了，我就不计较这件事了，不过，我家自留地上还有好多西瓜，如果你爸以后还去摘我家的西瓜，那老账新账一起算，此话请你转告你爸。"

茅天生连连点头："我一定会转告的。"说着，他硬要把两只鸡蛋塞到老牛手里，老牛实在推辞不掉，就对茅天生说："这样吧，这两只鸡蛋，我们一人一只吃了吧。"

茅天生说："可是，我爸叫我一定要将两只鸡蛋送给你吃的呀。"

老牛说："你不说，我不说，你爸哪会知道你吃一只鸡蛋，我也吃一只鸡蛋呢？"

就这样，两个人各吃了一只鸡蛋。

显然，看牛人心虚呀。俗话说做贼心虚。

其实，茅天生也心虚，他真的怕老牛公开他父亲偷瓜的事。所以，当天放学后，老牛和一位女同学要写黑板报，本来放学后茅天生可以回家的，但他没有回家，他留下来想看老牛出黑板报。老牛笑了，问道："你怎么不回家呢？"

茅天生低声说："我等你一起回家。"

老牛说："我写黑板报至少需要 1 个小时。"

茅天生说："2 个小时，我也等你。"

老牛说："是不是你担心我在黑板报上写这个大西瓜。"

茅天生点了点头，说："我想你不会写的。"

老牛说："我会写大西瓜的。"

茅天生激动了，说："我爸给你吃鸡蛋了，你还写啊！"

老牛递给他一张纸，说："你看，这是我写的，是草稿。"

茅天生看了，他笑了，说："我发现，你是我的同学，也是我最好的朋友！"

原来，草稿是这样写的：

> 我家有一块自留地，母亲在自留地上种了西瓜，还有玉米。我每天都要去看西瓜，开始西瓜是一朵朵红花，后来就长出了西瓜，那西瓜好可爱，开始像黄豆那么大，后来却越长越大。世界真奇妙，同样一块土地，却可以长出不一样的东西，比如南瓜、香瓜、西红柿、茄子，长出很多很多的果实。

村里人都说老牛是一个调皮捣蛋的孩子。有一天，老牛爸腰痛，所以，他找到生产队队长，要求安排轻松一点的工作。队长讥笑道："哪个庄稼人没有一点腰酸背疼呢？你大惊小怪的。"

老牛爸说："不是我大惊小怪。前几天我身子还好好的，昨天挖河泥感觉腰扭着了，这个腰痛的老毛病又犯了。"

队长说："本来今天男人们翻潭，四个男人一只潭。"

老牛爸说："叫我翻潭肯定做不了，请你无论如何安排轻松一点的活儿给我。"

队长说："你摇船可以吗？"

老牛爸说："路程近应该可以，路程远那可不行。"

队长说："翻潭，你不行。摇船，你又不行。你让我这个队长真是太为难了。"

老牛爸说："那这样吧，准我休息2天，让我这个老腰保养一下也好啊！"

队长说："这可不行，我准你休息，其他社员会学你的，如果大家都说腰疼，都提出休息，那这个农活儿谁来做呢？所以，我是不会批准你休息的。"

老牛爸说："我是真的腰疼，又不是装病。"

老牛爸没再多说话，他闷闷不乐地走了。结果，当天他和其他男人们翻潭。虽说他翻潭时还留了一个心眼，没有拼命用力，但这好比是"雪上加霜"，让他的腰疼病情加重了，傍晚歇工回家后，连晚饭都没吃，便躺倒在床了。

老牛问父亲为啥不吃晚饭？

老牛爸说："腰疼，吃不下饭。"

老牛说："那你知道腰疼为啥还要去做农活儿呢？"

老牛爸说："是队长不批准我休息。"

老牛说："队长为啥不批准你休息呢？"

老牛爸说："其他社员也都在腰疼，如果批准我休息，其他社员跟我学怎么办？"

老牛说："爸，我知道了，是队长太小心眼了。"

老牛妈插嘴道："这个队长对大队干部家属很照顾，经常安排她们做轻松活儿，可你爸腰疼请假都不行。所以，这个队长不是一个好队长。"

老牛说："我会修理他。"

老牛爸和老牛妈都吓了一跳，异口同声地说："你怎么修理他？"

老牛怕父母亲担忧，所以轻声地说："我是随便说说的。"

老牛爸说："我们和队长抬头不见低头见，可不能去修理他啊，再说我们是普通社员，他是干部，他有权力的，我们怎么斗得过他呢？还是算了吧！"

———————————❧———————————

因为队长不同意老牛爸休息，致使老牛爸腰疼加剧，老牛为此很生气。于是，他决定给队长一点颜色看看。如何对付队长呢？一向调皮捣蛋的老牛自有办法。前几天，他看了电影《小兵张嘎》，张嘎堵烟囱不仅好玩，而且解气。所以，老牛决定爬到队长家的屋顶上，就去堵队长家的烟囱。

他说干就干。

当天夜里，他就准备好了两根稻柴，将一根稻柴预先藏在队长家的屋子背后。

如何爬上屋顶呢？

老牛发现队长家的屋后有一棵大树的树枝垂在屋顶上，只要爬树就可以到达屋顶。爬树，这对老牛来说，真是小事一桩，他从小就会爬树，到树顶的鸟窝里摸鸟蛋。

第二天傍晚放学后，他跑回家放好书包，然后直奔队长家，因为这个时候社员们还没有歇工。所以，老牛想趁社员们还没有歇工之前把这个烟囱堵住。

老牛悄悄地来到了队长家的屋后，找到了那两根稻柴。

他看看四周没人，将两根稻柴捆扎在身上，然后以迅雷不及掩耳之势爬上了一棵树，就这样他来到了屋顶。

老牛在屋顶上几乎是爬行的，他怕被别人看见。如果别人看见是他堵的烟囱，那么，这个堵烟囱便失败了，队长肯定会找上门，对老牛兴师问罪。因此，绝对不能让任何人看见。

他在屋顶上朝地下张望，没有看到一个人，于是他爬到了那个烟囱边上，然后从背上取下两根稻柴，将这两根稻柴塞进了烟囱里，至此堵烟囱算大功告成。

他在屋顶上拉着树枝来到了那一棵大树上，然后身子沿着那一棵大树回到了地面上。到了地面上，他就腰杆挺直了，大摇大摆地走路，这时就不怕人家看见他了。

但他并没有急于回家，而是躲在不远处的一条弄堂里，他要看看队长家烟囱堵塞后的尴尬场面。

果然，大人们从田间地头歇工回家了。

队长没回家，但他看见队长的妻子回家了。大约过了十几分钟，只见队长家的屋子里熊烟滚滚，像屋子着火了一般。队长的妻子被呛得眼泪都出来了，并且咳嗽不止。她还不知道是烟囱被堵住了。

这时，邻居们以为她家着火了，都拎着水桶过来想救火，队长的妻子急了，她拦住他们说，不是房子着火，就是柴禾的烟不从烟囱里跑出去。

邻居们说，是不是烟囱被堵住了呢？

---

队长家的屋子里浓烟滚滚，好像屋子着火一样了。

这时，队长回来了，他问家里哪来那么多浓烟呢？妻子说："我烧晚饭，没烧几把火，就这样满屋子烟了。"

这时，有人搬来了梯子，对队长说："可能是烟囱被堵住了。"

队长惊诧，说："谁会来堵塞我家的烟囱呢？"

队长的妻子说："不知道是哪个混蛋做的恶事？"

队长说："梯子给我靠在墙头上，让我爬到屋顶上去看看。"

队长的妻子说："你腰不好，要不要叫年轻人上去看看呢？"

队长看了看四周，都是些妇女和老人，他说："还是我自己上去吧，你们扶好梯子。"

他手扶梯子爬到了屋顶上。到了烟囱旁边，他伸手一摸烟囱，感觉烫烫的，再往烟囱里一望，有零星的火光闪烁，而并没有烟雾冒出来。显然，这个烟囱被什么东西堵塞住了。

他退到梯子旁叫道:"传一把火夹给我,这个烟囱真的被堵塞住了。"

一听烟囱被堵塞住了,队长的妻子顿时大骂道:"谁堵塞我家烟囱,谁家就要被火烧。"

队长叫道:"你快点儿拿一把火夹递给我,我要疏通烟囱。"

队长的妻子见屋子里浓烟滚滚,冲着队长说:"屋子里都是烟,我跑不进去啊!"

队长怒道:"你是死人吗?你不会去邻居家借一把火夹吗?"

队长的妻子气昏了,当场一屁股坐在地上。有人把她扶到一旁,找来开水让她喝。有人向邻居借了一把火夹递给正在屋顶上的队长。

队长接过火夹,发火道:"要一把火夹搞了半天,如果真的着了大火,这几间茅屋早化成灰烬了。"

他在屋顶上并不知晓妻子气昏过去了。

他用火夹,费了很大的劲才将两根稻柴拉出来,满脸都是灰尘,真的像一个通烟囱的外地人了。

没想到,那两根着火的稻柴,被风一吹,竟然燃烧起来,险些烧着他的衣服,如果真被烧着,那后果不堪设想,他像做贼一样从屋顶上逃了下来。

到了地上，他气急败坏地说："哪一个坏蛋堵塞我家烟囱的，若被我查出来，我不放火烧他家的屋子，我不做人。"

有人说："想想不可能有人会堵塞你家烟囱的呀？"

队长说："这个不要与我争论，烟囱在屋顶上，两根稻柴难道会自己飞到烟囱里吗？"

"队长家着火了，队长家着火了。"

村庄里的男女老少都跑出屋子，像潮水一样涌到队长家。由于烟囱疏通了，队长家屋子里的烟雾也散去了，但队长和他妻子心中的怒火却燃烧起来了。

副队长来了。队长对他说："你马上通知全队男女社员，到会计家开生产队会议，我一定要查找出堵塞烟筒的赤佬，不能让这种坏分子破坏了安定团结的大好局面。"

副队长说："那要不要叫大队治保主任过来？"

队长说："我已经差人去叫他来了。"

副队长说："我估计开生产队会议不一定有用，万一是别的生产队的社员来堵塞烟囱呢？"

队长说："不可能的，我又没有与别的生产队社员是冤家啊！"

副队长说:"那你想想,你有没有得罪本生产队的社员呢?"

队长说:"本生产队的社员被我骂过的男社员和女社员都有的,不止一二个呀。"

副队长说:"你自己心里要有数,要把得罪过的社员名单排列出来。"

队长说:"你快去各家各户通知,叫大家马上到会计家报到,今晚要开个社员大会,把那个堵塞烟囱的坏分子揪出来。"

副队长似乎是拿着鸡毛当令箭,挨家挨户地去通知开会了。

这时,队长的妻子脑子好像清醒了许多。她对队长说:"你要开会,我们晚饭还没有吃呢!"

队长说:"我的肚子已经被浓烟给熏饱了。"

队长的妻子说:"不吃晚饭要饿出胃病的。"

队长说:"今天我家的烟囱被堵塞,明天别人家的烟囱被堵塞。所以,我必须将这个堵塞烟囱的坏分子揪出来示众,不然全队社员生活不得安宁。"

为了不引起队长的怀疑,老牛也来到了会计家,但队长压根儿没想到是小孩子堵塞烟囱的,他将怀疑对象锁定在成年的社员身上。

队长看见老牛，还跟他开玩笑，说："等揪出这个堵塞烟囱的坏分子，全生产社员就杀牛吃黄糊。"

老牛听了他的话，朝他瞪眼道："你不会杀你女儿，让大家吃黄糊啊！"

队长讨了个没趣，尴尬一笑说："我是跟你开玩笑，你怎么好赖话听不出来呢？"

老牛说："你可以跟我开玩笑，难道我不可以跟你开玩笑吗？好个笑话百出。"

队长摇头晃脑说："你父亲很好说话的，想不到你是个犟种，不听老人言，吃亏在眼前啊！"

老牛说："你管好你自己的女儿就可以了，我又不是你儿子，用不着你来操心。"

---

队长阴笑道："你这个小赤佬，以后你读不上书，回到生产队来，如果我还是做队长，那我一定会好好收你的骨头。"

"收你的骨头"，苏州话表示好好管教。

谁知老牛并不示弱，他回敬道："要么你女儿嫁给我，你才可以那么管我，我才服气你。"

旁边的社员听了老牛的话起哄了，纷纷说队长现在就可以把女儿许配给老牛，这样就可以吃定亲饭，可以在生产队发喜糖了。

队长想说教老牛，却硬是被老牛顶了回去。老牛心里只是暗笑：今天我用稻柴堵塞你家的烟囱，如果你还这样对我父亲蛮横，那么明天我就朝你女儿房间里丢癞蛤蟆、壁虎，还有火赤链。只是他不可能把自己的计谋说给别人听。

这时，队长问副队长："你数一下人头，看有没有到齐？"

副队长站立在桌子上开始清点人数，然后他对队长说："应该都到了。"

队长说："那好，现在开始开会了。"

于是，他也站立在一个椅子上，然后扬了扬手，清了清嗓子，大声地说："大家安静，现在开始开会了。对了，小孩子们不要在屋子里，都到外面去玩。"

不过，有的孩子并不愿意到外面去玩。

队长说："小孩子们不到外面玩，也可以的，就是他们的父母亲要管好孩子，不要让孩子们在屋子里乱跑，不许讲话。"

这时，有人叫道："队长，你快点儿开会，我还要去岳母家，你不要耽误我的大事。"

队长问他："夜里你去岳母家做啥事？"

那人道："岳母和岳父吵架了，我和妻子要去劝架，你说这一件事情重要不重要？"

队长说："我对你说，今天我开会才是最重要的。你们已经知道了，今天傍晚我家的烟囱被人用稻柴给堵上了，我爬到屋顶上的，用火夹从烟囱里拉出两根稻柴，结果我家屋子里浓烟滚滚，我的老婆险些被浓烟给熏死，如果倒在屋子里，那就是一条人命没了。所以，我今天开这个社员大会，就是想把这个堵我家烟囱的坏分子揪出来，可以不夸张地说，这个坏分子就是破坏农村安定局面，那个，那个大好形势的坏分子，下面请大家检举揭发。"

顿时会场乱哄哄了。

有人说："队长，家家有烟囱，怎么别人家的烟囱没事，唯独你家的烟囱被堵上了呢？这说明群众的眼睛是雪亮的。"

队长说："你的意思是堵塞我家烟囱是应该的吗？"

那人说："队长，你理解错了，我的意思是群众的眼睛是雪亮的，如果发现谁是堵塞烟囱的坏分子，一定会把他揪出来的。所以，请你不要误会我说的话。"

队长的妻子在会场哭道："这个坏人一定要揪出来，如果我发现是哪个坏蛋来害我一家人，那我一定要去他家放一把火，不然这口气我咽不下去。"

有人对她说，你去放火，那是违法的，如果火烧毁房屋，你是要吃官司的。

队长妻子说："我准备吃官司，也不会放过那个坏人。"

队长对她说："你不说话，没人当你是哑巴，你哭啊闹啊，有啥用呢？"

队长妻子说："如果这个坏人不揪出来，你就找大队领导去，你不要做这个生产队长了，如果再继续做这个生产队长，我们一家人的性命都保不住了。"

队长对她说："你不要乱说，我又没犯什么错误，这个生产队长的乌纱帽，我是不可能交出去的，除非我犯啥个生活作风，或者多吃多点啥的错误，那开除我这个生产队长的职务，那我不会说一句话反对的。"

台下有人笑了，有人说队长你好像有生活作风问题吧？

队长一听此话，当场发火道："你妈生你的时候，肯定没有用尿布擦一下你的嘴。所以，你说话都是臭不可闻的，你开会结束叫你妈找块尿布重新擦一下你的臭嘴。"

那人便不说话了。

队长又重新站立在那个椅子上，大手一挥道："大家静一静，我现在有一个思路，大家想一想，在歇工之前，有谁先回到村子里的，因为堵塞烟囱肯定是那个人在歇工之前做的，因为我老婆做晚饭才发现烟囱被堵塞了。那现在大家排查一下，谁先回到村子里的，那这个人毫无疑问是怀疑对象，甚至可以说，他就是作恶的坏分子。"

大家七嘴八舌，议论纷纷。

"别的社员都在田里，就是阿瘫在村子里。"有人道。阿瘫是生产队猪场饲养员，有腿疾，是一个残疾人。队长却不相信是他堵塞烟囱的，笑道："你叫阿瘫爬到屋顶上，叫他走平常平地都歪来歪去的。所以，你说他是作案人，这个绝对不可能。"

这时，阿瘫火了，对着那个人骂道："你说我是堵烟囱的人，好，我现在就去堵你家的烟囱，我不堵塞你家的烟囱，我就不是人。"说完，他要往外面走，被众人给拉住了。

那人诚恳地对阿瘫说："我是开玩笑的，知道你不会这样做的，好了，我对你说一声对不起，如果你心里有气，那你就踢我一脚吧。"

❦

队长召开社员大会，老牛一直在那里旁听，谁也没想到堵队长家烟囱的事是他干的，最后会议散了，老牛高高兴兴地回家了。他心里感觉队长是饭桶一个。

老牛爸看来很兴奋，他兴高采烈地说："队长查了半天，结果全队社员人人都是怀疑对象，有人说是我堵塞的烟囱，我对他说，你真是太小看我了，我不会做堵烟囱的小事，要么直接拿锤子砸人家的大门。"

老牛妈说："你去砸人家大门，一会儿功夫他们就找到你，让你赔钱，你这算是本事吗？"又说："我觉得堵塞烟囱的人才是英雄，而且是无名英雄。"

老牛爸说："我替这位无名英雄捏一把汗，千万不要被队长给查出来。"

老牛插嘴道："不可能被队长查出来的。"

老年爸和老牛妈十分诧异："你怎么知道的？"

老牛可不想把这事告诉父母，如果他们知道堵烟囱的事是自己干的，那可全家不得安宁了。他的父母肯定会为此而担心。

老牛想了想，说："如果能够查出来，那开会时就应该查出来了，开会时都查找不出来，那就表示永远都查不出来了。我是这样想的。"

老牛爸拍拍他的肩膀，说："儿子，你分析得非常准确，的确如你所说，开会时都查不出来，那就表明这个堵塞烟囱的无名英雄永远是隐姓埋名了。"

老牛说："队长欺负你，就是要让他吃点儿苦头。"

老牛爸用异样的目光望着儿子，说："真不会是你堵的烟囱吧？"

老牛假装惊讶地说："不是我，真不是我做的。"此事最终不了了之。而老牛对谁也没说，就这样蒙混过关了。不过，一场大雨后，队长家那个烟囱倒塌了，结果屋顶漏雨了，队长的妻子便绕村骂人，骂的话可难听了。

老牛妈说："这个女人什么话都骂得出来。"

老牛爸说："她这样骂人，搞不好，那个人又会去堵她家的烟囱。"

老牛妈说："如果那人堵烟囱时被人发现，我都愿意为他打掩护，让他逃。"

老牛爸说："别人堵塞队长家的烟筒，我不去管，我得管好我们的儿子不要去堵塞队长家的烟囱，不然真的要背一口黑锅的，被队长新账老账一块算。"

老牛也听到了队长妻子的骂声，他对自己说，以后我不堵塞你家的烟囱，但如果你还是不停地骂，那接下来就要朝你家女儿屋子里丢癞蛤蟆了……

那天，老牛爸腰疼的老毛病又犯了，而队长安排他去挖河泥。老牛爸说："我腰疼厉害，挖河泥不行。"

队长说："轮到你挖河泥，你总是说腰疼，我看是你思想有问题，不愿意做重活儿。"

老牛爸说："你是说我装病？"

队长说："我不是说你是装病，但明显你思想有问题，你是不愿意做重活儿。如果你不做重活，其他社员也不愿意做重活儿，难道要我去做吗？"

老牛爸说："你又不是县令，做做重活儿有什么不可以呢？"

就这样，你一句，我一句，两个人便吵起来了。

最后，老牛爸只好摇船出去挖河泥，按照生产队的要求，一天要挖河泥 5 船，但老牛爸挖了河泥 3 船便腰疼得不行，所以船靠岸，他对搭档说："挖不动了，再挖下去老命都要没了。"

队长很是光火，对老牛爸发火道："你不想挖河泥，你早讲，我可以安排其他人挖河泥，现在你半途而废，你这不是成心捣乱吗？"

老牛爸也火了，说："我向你请假的，我这个腰疼痛得不行，你不是说我装病吗？"

队长说："你装病不装病，你自己最清楚，不管怎样，今天我要扣你一天工分。"

老牛爸叹一口气说:"随便你。"

当天傍晚,老牛放学回家,他得知了此事,对父亲说:"爸,我一定会教训他的,让他明白,我爸是不可以被他欺负的。"

老牛爸来了警觉心,说:"你想怎么教训他呢?"

老牛说:"我有办法的。"

老牛爸急了:"大人的事,你小孩可不要插手。"

老牛说:"他欺人太甚,我实在是看不过去了。"

老牛爸说:"你千万不要做出格的事情啊!"

老牛说:"爸,我听你的话,不会去做坏事。"

第二天是星期天,老牛对母亲说:"妈,我肚子痛,几天没拉大便了。"

老牛妈说:"那找赤脚医生配泻药吃啊!"

老牛说:"那我去找赤脚医生了。"

赤脚医生真以为他大便拉不出来,就配了一包泻药给他,他说一包泻药不够,多配一点儿。赤脚医生哪里知道他的"阴谋",就多配了一包泻药给他。

老牛拿到两包泻药,得意地笑了。趁大人们都在田间地头干活,他把两包泻药都倒在队长家的水缸里……

那时候,农村都没通自来水,生活用水都用河水,都吃准备在水缸里的河水。

———————————❦———————————

两包泻药倒在水缸里，可想而知，队长一家人喝了水缸里的水是什么后果了，没有一个人逃脱上吐下泻的"运气"。

老牛是个不良少年，比如他去堵队长家的烟囱，就是违反了《消防法》，比如前面这个在队长家水缸里投入泻药，那便是有投毒嫌疑了。

但那是发生在二十世纪七八十年代的故事，那时没有《消防法》，也没有《食品法》，只能说，他是一个调皮捣蛋的少年，而且他捣乱的对象都是欺负他父母的人。

不过，在乡亲们眼里，老牛可是一个嫉恶如仇的少年。当然，他偶尔还是会做一些恶作剧，比如他曾经戏弄过一位老木匠。

事情是这样的。

那天是午后，太阳火辣辣的，可大人们都在田间地头"做双抢"（抢收抢种），但村庄一棵大树下，一只小木船，它的船底朝天，只见一位老木匠在用凿子修船，将油灰嵌入船的木头里，因为船身有的木头已经烂掉了。

大约过了1个小时，老木匠开始用手工锯子锯木头，然后用刨子刨木头，那木花掉在地上，与先前掉在地上的木花堆放在一块，形成了一个小山的形状。

老牛走了过去。

老牛说："老伯伯，这个木花可以给我一点儿吗？"因为那时烧火都是用柴灶，生产队分给农家稻柴麦柴，没有一家是够用的。所以，很多人家都到外面砍柴，有的甚至把路边的小树都砍了。

老牛是个机灵的孩子，他看到老木匠修船有一堆小山似的木花。所以，他想向老木匠讨要一些木花，把木花拿回家，当柴火使用。

老木匠耸耸肩膀说："这个木花，我没有权力给你，队长嘱咐过我，一粒木花也不能让别人拿走。"

老牛听了他的话，顿时就不高兴了，他说："原来你是马屁精，把这些木花都留给队长啊！"

老木匠心想，你这个乳臭未干的小毛孩，说话嘴巴不饶人。所以，他声色俱厉地说："你懂什么是马屁精，是你父母，还是先生教你的呀？"

老牛一心想要那一堆木花，又一次求道："希望你能把木花给我。"又说："你不给我的话，我可……"

老木匠放下锯子，对老牛说："你想怎样？"

老牛说："我再问你一遍，你这堆木花给不给我？"

老木匠扬了扬手中的锯子说："就是不给你，如果你想对我动坏脑筋，当心我用锯子锯断你的手。"

老牛气得直跺脚，说："好，你等着。"

说完，他向村外跑去。

老木匠以为他拿木棍之类的东西过来，所以他也拿过一根棍子，放在身旁，而他仍然在锯木头。因为是夏天，他打着赤膊。

这时，老牛急匆匆地回来了，只见他手里拿着两条蛇，朝老木匠跑了过去。

❧

这里交代一下，老牛很小的时候就会捉蛇，还在他七八岁时，有一回大人们都在田地里干活，有个男人欺负他母亲，他就捉了一条水蛇追赶那个男人，吓得那个男人在田地里逃来逃去，最后连连讨饶，阿牛这才放过了他。从此以后，老牛会捉蛇的名声便在生产队传开了。

这回老牛捉了两条水蛇，他就是有备而来，就是想吓唬老木匠，让老木匠把木花给他。

只见老木匠赤膊着，一只脚踏在木头上，一只手拿着锯子在锯木头，他全然不知道老牛捉着水蛇在他的身后。老牛拿着两条蛇，就往老木匠腋窝里一放，老木匠一惊，一看是蛇，吓得屁滚尿流，放下锯子就逃了，老牛挥舞着蛇追了上去。

老木匠说："你不要追过来。"

老牛说："你答应把木花给我，我就不跟你闹腾了。"

"这木花是队长要的，给了你，我不好向队长交代。"

"那没办法，我只好接着跟你闹腾了。"老牛一边说，一边快步向老木匠走去，吓得老木匠大喊大叫，逃来逃去。

老木匠吓得脸色都变了。

他说："小赤佬，我叫你阿爹行不？"

老牛说："不行，你得答应把木花给我。"

老木匠无计可施，说："那你把水蛇放了，我就把木花给你。"

老牛说："不行，让我把木花拿走，但我保证不吓你了。"

老木匠挥一挥手，说："好吧，你快把木花拿走。"

老牛说："明天还有木花，明天的木花也得给我。"

老木匠说："明天的明天再说。"

老牛说："那可不行，那我今天也不要了。"说着，他手里拿着两条水蛇，又朝老木匠走去。老木匠吓得连连后退，说："好了，好了，明天的木花，我答应给你，这样你满足了吧。"

老牛说："你不会变卦吧？"

老木匠被老牛吓得六神无主，说："如果我变卦，我做你孙子。"

老牛说："我相信你，如果你变卦，明天我不是捉水蛇了，我捉毒蛇对付你，你相信吗？"

老木匠连连点头说："我相信，我相信你的。"

老牛说："那你坐在地上，不要动，我拿走木花，你才可以过来。"

老木匠说："好的，好的，你动作快点儿，我的生活都被你耽搁了，倘若被队长知道要扣我的工分的。"

老牛拍胸脯说："倘若队长扣你工分，我会帮助你要回来，你相信吗？"

老木匠又是连连点头，说："我相信，我算服你了。"

就这样，一堆木花被老牛大摇大摆地拿回家了。而队长来了，却找不着木花了，便问道："今天的木花呢？"

老木匠叹了一口气，说："被老牛这个小赤佬拿走了，今天我被他吓掉半条命。"

"这里怎么回事？"

"这个小赤佬捉了两条水蛇吓我，我天不怕，地不怕，就是怕蛇。"

"什么蛇？"

"是水蛇。"

"水蛇咬一口也没事的。"

"但他说，不给他木花就要捉毒蛇，他拿着水蛇追我，我吓得到现在一口气还喘不过来。"

队长火了，对老木匠说："你跟我来，一块去他家，把木花要过来。"

老木匠连连摆手，说："我不去，我不去，这个小赤佬要报复我的，真的要捉毒蛇报复我的，你去向他要木花，也不能说是我告诉你的，我实在是吓怕了。"

队长说："我对你说了，水蛇咬不死人的，你有什么好怕的呢？"

老木匠说："我已经答应把木花给他了，如果不给他木花，我就是他孙子。"

队长听说此话，觉得非常好笑，说："看你真的像孙子的熊样，活了一把年纪竟然弄不过一个乳臭未干的小赤佬，说给别人听，又有谁会相信你？"顿了一下，又说："你不去，我一个人去他家找他，我要他把木花给交出来。"

队长来到了老牛家。

老牛爸一个人在家里喝酒。

队长走了进去，对老牛爸说："你很舒服啊，已经在喝酒了。"

老牛爸站起身来，说："菜没有，酒有的，你坐下来喝一盅。"

队长说："没心思喝酒，你知道我来你家是什么原因吗？"

这时，老牛妈从灶间走了出来，因为她听到了队长的声音。老牛妈说："哎哟，队长，今天你怎么有空来我家串门啊？"

队长说："我是来找你们儿子的，他人呢？"

老牛爸又站了起来，说："难道说他在外面又做了坏事？"

队长说："你说对了，他把修船的一堆木花拿回家里了，我过来就是让他把木花给送回去。"

老牛妈说："老牛说，这木花是老木匠送给他的，难道他拿木花没有得到老木匠的同意吗？"

队长说："他捉了水蛇吓唬老木匠，老木匠被逼答应给他木花的。"

老牛妈说："我听儿子讲，这木花是老木匠自觉自愿送给他的，你怎么能说是我儿子威逼他的呢？因为你不在现场，我也不在现场，你不能全信老木匠的话，你说对吧？"

队长说："什么对不对，不管怎样，这木花是生产队的物资，你儿子拿回家了，就得给我送回去，没有什么话可以讲的。"

外屋争吵的声音传到了里屋，老牛正在里屋做回家作业，他身子靠着门框探头说："你们说话的声音能不能轻一点儿？你们这样吵吵闹闹叫我如何安静地写作业呢？"

老牛爸向他招手："小赤佬，你给我出来。"

老牛便走了出来。

队长俯视他道："木花是你拿回家的吗？"

老牛说："是老木匠给我的。"

队长说："你是不是捉了水蛇吓唬他？"

老牛说："我捉水蛇玩，他害怕，这是他的事，与我无关。"

老牛爸说："家里有柴烧，你为何去拿集体的木花呢？"

老牛说："我不拿，也是被别人拿走，既然别人能拿走，我为什么不能拿呢？"

队长说："生产队好东西很多啊，晒场上有五六个柴垛，你也可以去拿回家啊。"

老牛说："如果生产队分柴，我会拿柴回家，不分柴，我一根稻柴也不会拿回家，这是集体的财产，这我还是能分得清的。"

队长说："柴垛是集体的财产，这木花也是集体财产啊！"

老牛说："我看木花不是集体财产。"

队长说："怎么不算？"

老牛说："请问，修船十多天了，每天的木花去了哪里？"

一语中的，队长一时无语，因为这些天的木花都是他拿回自己家里了，他以为木花是小事，并没有想到小小的木花也是集体财产，现在他把木花拿回家，分明就是利用职权侵犯集体财产。

这么一想，队长说话没有之前硬气了，他说话的声音也轻了很多，突然他灵机一动，计上心来。他说："我把木花拿回家，就是烧开水用的。每天傍晚有很多社员来我家串门，他们要喝热水，那总得给他们喝一口热水吧。"

老牛想，队长真是见多识广，他一时也不知道如何回答他了。

倒是老牛爸开口了，他说："队长，我说句公道话，我绝对不是帮我儿子，而是你说谎话了，前天夜里，我和几位社员是到过你家里的，但我们坐了半天，从来没有喝到一口热水啊，就连一口烫罐水都没有喝着。"

队长苦笑了一下。

他说："是啊，你没有喝到热水，并不代表其他人没有喝着热水，这个道理你不懂吗？"

老牛忍耐不住了，上前一步对队长说："这样的话，我倒是想把这个事情报告给公社领导，反正我在学校出黑板报，我会写文章的，今天夜里我就写，明天我不上学也要去找公社领导，让领导给评评理，看谁是谁非。"

---

队长听到老牛这一番话，顿时头皮就发麻了，他想真是小看眼前这个小赤佬了，没想到他小小年纪，竟然会用这种敲山震虎的方法来对付自己，如果立刻制止他，显得自己心虚了，如果不制止他，那么说不定小洞里爬出大闸蟹，木花这个小事情就会演变成不可收拾的大事情，那到时就是搬起石头砸自己脚了。

队长想了想，说："我是队长，你要写文章，你要报告公社领导，我没什么好怕的，大不了我不做这个吃力不讨好的队长。"

这时，老牛妈将老牛拉到一边说："队长和爸爸妈妈是村上兄弟姐妹，你不可以向公社领导打小报告的。"

老牛气鼓鼓地说："是他先气势汹汹地找上门来，这就叫人不犯我，我不犯人，人若犯我，我必犯人。"

老牛妈说:"那大人的事情你不要参与了,你回到里屋去写家庭作业吧。"

老牛转身向里屋走去,突然他转身道:"那些木花不能带走,如果真的要带走木花,我可真的要向公社领导写报告的。"老牛又说:"我掌握了队长好多自私自利的事情,我就一块写在报告里。"

队长听了气得说话也啰嗦了:"你个小赤佬,今天当着你父母的面,你讲讲清楚,我有哪些自私自利的事情,如果你讲不出来,那今天你放一句话出来,我今天这个队长不做了,你这个小赤佬有本事,那你来做这个队长吧。"

不料,老牛并不怕他,他说:"你不做队长,难道一个生产队有那么多男人,出不了一个队长吗?你以为地球没有你,就不会转一样。"

老牛爸拍了一下桌子,对老牛说:"刚才你说队长有好多好多自私自利的事情,你不要胡说八道。"

老牛说:"我说话从来就是实事求是的。"

老牛爸说:"你说给我听听。"

队长的脸色红一阵白一阵,他恨不得操起长凳子敲打老牛一记,但他忍住了。

老牛看了队长一眼,说:"他女儿书包里的练习本是生产队花钱买的,还有十几天前他女儿吃的炒黄豆,这些黄豆也是生产队的，他就是把集体的东西当成是自己家的东西一样，随便将集体资产侵占。"

队长眼睛像着火一样，伸手狠狠地拍了一下桌子："你这个小赤佬见风就是雨，老实讲，我手臂上可以站立一个人，凡是集体的东西，我一样不会拿到家里。所以，你刚才的话是一派胡言，今天你不把这个事情说清楚，我是不会走人的。"

———————————————❦———————————————

老牛妈是很宠爱儿子的，她见队长对儿子发火，心里也火了，她对队长说："你是大人，怎么跟小孩子过不去呢？不要把他吓坏了，如果被你吓着了，我可得背着他到你家白吃白喝了。"

队长对她说："我吓唬他了吗？你儿子像一只黄鼠狼贼头贼脑。"

老牛妈并不示弱，说："我儿子偷你家鸡了吗？"

队长说："不是说偷鸡，我就是打个比方。"

老牛妈说："你说我儿子像一只黄鼠狼，你能这样打比方吗？那我把你女儿说成是一只狐狸精，难道你不生气吗？"

队长被老牛妈驳得话都说不出来了。

老牛爸说："人在气头上，大家都要少说话。"

队长说："这一件事情不会就这样过去，如果你们不把木花交出来，那我也是有办法解决此事的，不过到时你们不要再找我求情，我重申一遍，木花是集体的资产，你们不能占为己有。"

老牛妈说："你想怎样？"

老牛爸却坐不住了，说："都是大事化小，小事化了，你却唯恐天下不乱，哪有你这样做队长的？"

站在旁边的老牛忍不住插话了，他对父母说："你们不用急，君子报仇十年不晚，如果他胆敢处理我们，那我以后就要做队长，从此我就让他一家人去看坟场，如果不服从我的安排，我就不分给他们家稻柴和大米。"

队长冷笑一下，说："哎哟，你小子长大还想当队长啊，还想让我一家人看坟场，那老子明天就叫你们一家人去看坟场，告诉你有句老话，县官不及现管，我是生产队长，我是生产队老大，我怕过谁呢？我还怕你这个嘴边毛都没有的小人吗？"

老牛也冷笑一声，说："我现在是小孩，我肯定斗不过你，但你女儿的年龄和我一样大，你好好为你女儿考虑，你欺负我一家人，那么我只好对你女儿下手了，而且我说到做到，信不信由你！"

队长撸了撸袖子，说："你敢动我女儿一根汗毛，那我就把你身上绑一块石头沉到河里去。"

　　这下，彻底把老牛爸惹火了，他操起门后的一根木棍就要向队长打去，老牛妈眼疾手快将他一把抱住，那根棍子才没有打到队长的头上，如果队长挨到这一棍子，那可是头破血流了。

　　队长抱头鼠窜，他跑到副队长家里，对副队长说："我险些被那个畜牲打着，走，我们一块去他家收拾他。"

　　副队长问："你说的究竟是哪一个畜牲呢？"

---

　　副队长平日里也是经常受到队长欺负的，他对于队长有些做法也很有意见，只是敢怒而不敢言。现在看到队长这副狼狈相，他暗自好笑，只是没有笑出声音来。

　　于是，副队长和队长来到了老牛爸家。

　　"你家儿子私自拿集体的木花是不对的，你又操木棍想殴打队长更是不对的，你看这事怎么处理，要不要报大队来处理呢？"副队长一本正经地对老牛爸说。

　　老牛爸余怒未消，但显然态度比刚才了很多，他说："木花，是我儿子拿回家的，本来我是想让儿子把木花送回去，但现在我不愿意了，因为修船那么多天，前面这些日子的木花到哪里去了呢？这个问题必须搞清楚。如果讲得清楚木花的来龙去脉，那我保证把木花送回去。"

副队长说："木花是小事，拿了就拿了，我看这事就大事化小，小事化了，主要是你拿木棍打队长是不对的，万一你失手，打得队长头破血流，那你说怎么办？"

老牛爸说："那我准备去吃官司。"

副队长说："吃官司，你以为是走亲眷吃肉饭吗？"

老牛爸说："我现在还没有考虑过这种事情。"

副队长说："我告诉你，吃官司你就没有人身自由了，戴着铁铐抬石头，一天到晚要干活，你不干活就要用冷水冲你的头，不消一年功夫，你这个身体就垮了。"

老牛妈听不下去了，问副队长："好像你吃过官司似的，怎么吃官司的事情你样样知道呢？"

副队长说："你耳朵长在脑袋上是出气的吗？是用来听的，你的耳朵大概是用来当摆设的。"

老牛妈反唇相讥说："你的耳朵才是用来当摆设的。"

副队长说："你怎么说？"

老牛妈指指队长说："他说你饭桶，吃饭不干事，你耳朵没有听着吗？"

队长听不下去了，对老牛妈说："你不要搬弄是非，我从来没有讲过这种话。"

老牛妈说："要不要叫几个社员过来对质，大家都听到你这样骂副队长的，这是你无法抵赖的呀！"

副队长说："不要扯远了。"又对老牛爸说："你说你拿木棍打队长，这事怎么处理呢？"

老牛爸低头不说话。

老牛妈说话了，她说："又没打到他，只是吓唬他一下，谁叫他嘴巴痒，那我那口子就手痒了，所以，责任不在我那口子，完全是队长引起了这个事情。"

副队长说："如果我处理不了这件事，那只好找大队来处理了。"

老牛妈说："行，那就找大队处理，到时候我就说队长到我家里非礼我，被我那一口子看到了就操起棍子想打他……"

队长说："你这不是一坨屎往我头上扣吗？"

老牛爸说："不扣你，那扣谁？"

---

队长朝副队长使了一下眼色，于是他俩走出了屋子，在门口不远处，两个人蹲着身子商议着。

队长说："这个女人太乱来了，她什么话都说得出来。"

副队长心里有些幸灾乐祸。

他说："因为就你和他们夫妻两个在，所以谁说什么，谁做什么，真的说不清楚，如果他们夫妻一口咬定你非礼了这个女人，你倒是犯了生活错误，恐怕你这个队长职务是要被撤销的。"

队长说："我被撤销队长，你就可以做队长了。"

副队长说："我一直做副队长就好，做队长非你莫属，我能力可不行。"

队长想，你这小子肯定巴不得我被撤销队长，这样你就可以做队长了。那可不行，我可不能随随便便就把队长这个职务让出来，如果自己不做队长，要让自己做农活儿，那哪能吃得消呢？

这时，老牛走了出来，他看见队长和副队长蹲在那里交头接耳，心里很不舒服，顿时他计上心来，他决定捉弄他俩一下。于是，他缩回屋子里，拿了一袋楝树果，便偷偷地从后门溜了出去。因为他俩就蹲在一条弄堂的口头，所以他偷偷地走了过去，然后抓起袋子里的楝树果向他俩砸去，等他俩反应过来，老牛已经逃得无影无踪了。

他俩围绕老牛家的房子转了几圈，也没有找到谁砸了他俩。

副队长说："我敢肯定，就是老牛这个小赤佬做的！"

队长说："我们找他去。"

副队长说："这个小赤佬比较难对付的。"

队长说："所以，现在就要对他修理，等他长大了，就没有办法修理他了。"

副队长说："对，现在就去修理他。"

可是，当他们来到老牛爸家，却是大门已经关上了。副队长问队长："要不要叫他们开门？"

队长手一挥道："当然要叫他们开门，这小子砸了我们，可不能这样便宜了他。"

于是，副队长用手猛烈敲打门道："快开门，快开门。"

其实，老牛一家人都没有睡觉。当然，老牛爸夫妻俩并不知道儿子刚才从后门溜出去用楝树果砸人的，所以他俩心安理得的样子。

老牛妈说："你们还要不要让人睡觉？"

副队长说："你儿子用楝树果砸了我们俩，这事很严重啊！"

老牛妈说："我儿子已经睡觉了，什么时候砸你们的呀？"

因为老牛是从后门溜出去砸人的，所以老牛爸、老牛妈真的不知道这件事情，所以他们的回答理直气壮。但是队长和副队长强烈要求开门，老牛爸露出生气的表情，对老牛妈说："这两个人吃了生仁桃子，不知道他们搞什么鬼。"

老牛妈说："他们不是说儿子用东西砸了他们吗？"

老牛爸走近老牛房间，推了一下房门，没有推开，显然里面插销插上了，他说："儿子好好地在睡觉，怎么可能会砸他们人呢？"

外面的叫声越来越大。

老牛爸拉开了门，说："两位队长有什么事？"

副队长说："你是真不知道，还是假不知道？"

老牛爸没有回答，老牛妈抢着回答了："白天做得半死，夜里还要来寻事，你们还要不要老百姓活呢？"

副队长说："实话实说吧，刚才你儿子用楝树果砸我俩的，你看我的脸上都是青一块紫一块了，你看队长的脸上也是青一块，紫一块了。"

老牛爸说："我儿子在睡觉，你们说我儿子砸你们，你们看见是我的儿子吗？"

副队长说："当然，我和队长亲眼所见。"

队长附和道："是我和副队长亲眼所见。"

老牛妈说："你俩大概遇到赤佬了，我儿子明明在睡觉，你们却硬说他用东西砸你们的，你们说是不是你们碰着赤佬了。"

副队长说："是遇到赤佬了，这个活赤佬就是你儿子。"

老牛爸说："如果不是我儿子呢？"

副队长说："百分之百是你儿子，如果不是你儿子，我在你面前爬一圈。"

老牛妈说："你，人不做，做狗吗？"

副队长说："你的耳朵听听准，我是说如果不是你儿子砸东西，那我就在你们面前爬一圈，如果是你儿子砸我们呢，那就要倒过来，你们在我们面前像狗一样爬一圈。"

队长说："你快把你儿子叫出来，问问他有没有扔东西砸我们？"

老牛爸对副队长说："你说话算数吗？"

副队长拍胸脯道："我人说人话，如果不是你儿子砸我们，我在你们夫妻面前爬一圈。"

其实，老牛关上门后并没有睡觉，而是耳朵贴着门缝在听"壁脚"，他听到了父母亲与队长和副队长的话。

其实，老牛早已想好了答案，打死也不承认自己用楝树果砸他们的，因为自己早早上床睡觉了。

听到敲门声，老牛揉着眼睛开门了。

老牛妈走近他身边说："儿子，你刚才有没有砸队长和副队长。"

老牛不停地揉眼睛，说："我已经睡觉了。"

老牛妈转身对副队长说："你像狗一样，在我们面前爬一圈吧。"

副队长说："慢着。"

他一步窜到老牛面前，对老牛说："你装得很像啊，刚才砸我和队长的人就是你，如果不是你，我一只眼睛当场挖出来。"

老牛妈说："你不要吓坏我儿子，你像狗一样在地上爬一圈吧，这个你不要说话不算数。"

队长说："小孩子要诚实，不能说谎话，如果说谎话那你要长不大的，永远长得像小人国一样大的小人。"

老牛刚看过小人国的童话故事，他知道小人国里的小人都是好人，所以他回答道："你说我永远长得像小人国一样大的小人，我就想做小人国的小人，你说怎么样？"

老牛妈并不知道小人国的故事，所以她对老牛说："你做什么小人国的小人？妈盼望你明天就做大人呢！"

老牛说："我可不觉得小人国的小人不好。"

老牛与他们扯小人国的故事，就是想搞乱队长和副队长的想法，让他们识趣地走开。

老牛爸实在熬不住了，对队长说："你刚才对我儿子说小孩子不要说谎话，说谎话要长不大的，是不是这个意思？"

队长不知道他的用意，说："我是说过的。"

老牛爸说："那大人如果说谎话呢，我看那是要被天老爷一个雷响劈死的。"

队长手掌朝门框拍了一记，说："你是不是咒骂我被天老爷一个雷响劈死？"

老牛爸说："你激动啥呢？我是说，做大人如果说谎话也是没有好结果的，又没有指名道姓说你呢？你何必对号入座？"

这时，老牛拍拍屁股说："没有什么事，我要睡觉了。"

他一个转身迅速地关上了房门。

副队长伸手推房门，却没有推开。

他说："怎么，你儿子看来瞒不过去，所以，他就回房间了。"

老牛妈对他说："不是，我在想，事实已经出来了，并不是我儿子砸了你们，而你为啥不在我们面前爬一圈呢？"

副队长说："你不要转移视线，是你儿子砸了我和队长，所以该爬一圈的人是你，而不是我。"

老牛爸蹲下身子说："那要不要我爬一圈给你们看看？既然不愿意爬一圈，那请你们像狗一样爬回家去吧。"他下了逐客令。

<br>

队长和副队长一口咬定老牛用楝树果砸了他们，而老牛并没有承认此事，队长和副队长拿不出证据证明是老牛砸他们的，此事最后只好不了了之。因为副队长说，如果不是老牛砸他们的，他就在地上爬一圈，只是最后他并没有这样做，因为即使老牛不承认是他做的，但队长和副队长还是认为是老牛砸他们的。

最后，队长和副队长只得灰溜溜地走了。

副队长说："老牛这个小赤佬，长大后很可能是个钉子，所以趁他还小，要让他吃点儿苦头，让他长点儿记性。"

队长说："你看怎样管教他呢？"

副队长说："我和你出面肯定是不行的，我来找大龙，让大龙去整治他。""大龙比老牛年长几岁，毕竟他也是孩子，如果两个孩子打起来，也是孩子之间的事。"

或许，这就叫"借刀杀人"。

队长说："这个办法好，不知道大龙愿意不愿意？"

副队长说："如果他不愿意，我可以做做他的思想工作。"

队长说："那这事你盯着，老牛这个小赤佬现在越来越不听话了，再不好好管教他，真的要爬在你和我的头上了。"

副队长说："是的，我现在就去找大龙。"

队长说："那你一个人去吧。"

副队长说："好的，你就不要出面了。"

副队长腰杆一挺，说："队长，你放心，老牛这个小赤佬现在神气活现，他垂头丧气的日子就要到了。"

队长说："好，如果这事办成，我叫会计给你一袋大米，我绝对不会亏待你的。"

副队长报以微笑，他一个人来到了大龙家。大龙父亲和母亲刚想睡觉，看到副队长上门，便满脸堆笑地问道，副队长是什么风把你吹来的呀？

副队长说："我找大龙。"

大龙父亲说："难道说大龙在外面闯祸了吗？"

大龙母亲更是着急，急切地说："副队长，大龙可是一个听话的孩子，即使在外面闯了祸，你也要手臂朝里弯，拉大龙一把啊！"

副队长连连摆手，说："不是大龙在外面闯祸，而是我来找大龙办一件事。"

"什么事？"

"什么事？"

大龙父亲、大龙母亲异口同声地问道。

副队长说："老牛这个小赤佬用东西砸我和队长，你们看我的脸上还是青一块紫一块吧，就是被这个小赤佬砸的，但他死活就是不承认，这个小赤佬就是和尚打雨伞无发（法）无天，所以，我和队长寻思管教他一下子……"

# 第二章
# 养鸭司令

　　大龙并没有一下子答应队长和副队长，他感到很为难，因为他和老牛从来就没有红过脸，而且老牛蛮听他的话的。

　　副队长说："这就更好办了，你可以时常捉弄他，让他出丑。"

　　大龙妈问副队长："让我儿子欺负老牛，有啥好处呢？"

　　副队长眼睛朝队长望了望，没有说话，只听队长说："这样吧，生产队要办一个养鸭场，让你们夫妻养鸭，这总可以了吧？"

　　大龙妈拍手称好。

　　大龙爸却有些想法。他说："这是让我们做冤家，还是让我儿子不要去为难老牛吧，一旦出了意外，谁也说不清楚。"

　　副队长和队长面面相觑。

　　副队长对大龙爸说："你是不是还想得到一点好处，如果是，你就直接把话挑明。"

大龙妈说:"我插句话,如果叫我们夫妻养鸭,我想在养鸭场养几只母鸡,生鸡蛋吃,这个可以吗?如果你们两位队长答应我的要求,我来做通男人的思想工作。如果他不愿意养鸭,我一个人养鸭,看我一个人在鸭场,他放心不放心?"

队长说:"你一个人夜里住在养鸭场,不要说你男人不放心,我也不放心的。"

大龙爸抬头望着队长说:"你有啥不放心的?"

队长说:"你老婆是村里一朵花,一个人住在养鸭场,这不是招蜂引蝶吗?"

副队长笑笑,对大龙爸说:"我想你老婆一个人住在养鸭棚,你一个人睡在家里也睡不觉着哇。"

大龙爸说:"话不要多说了,我老婆刚才说了,在养鸭场让我们养几只母鸡,生鸡蛋吃,那我就答应你们的要求,不过口说无凭纸来牵,我们双方要签订一份协议。"

队长手一挥说:"这个可以,那我们现在就去宋会计家,让宋会计起草一份协议。"

大龙爸对大龙妈说:"你就呆在家里,我签好协议马上回家。"

大龙妈说:"不行,你会拐到妍头家的,我可不能让你一个人去。"

队长和副队长都笑了。

大龙爸说："你不要猜疑了，我与她早就断了，一点儿关系也没有了。"

大龙妈并不相信："俗话说藕断丝连，你们俩说不定一有机会就会黏合在一块，总之一只馋猫终究是改不了吃鱼腥的本性的。"

副队长说："说说笑笑，买一只蝈蝈叫叫。走吧，今天我们就把协议签好，这几天就要搭养鸭棚，你们夫妻就可以搬到那里住了。"

<hr>

宋会计是生产队里的文化人，他上过私塾，不仅算盘打得好，一手毛笔字也写得很好，凡是村里有红白喜事，都请他做"帐房先生"。他也很乐意的，所以有"老好人"之称。

根据队长和副队长的要求，宋会计花了十几分钟就起草好了养鸭子协议，如下：

> 甲方第9生产队，乙方王保生、王根妹夫妻：为了发展副业生产，甲方开办一个养鸭场，由乙方饲养，乙方提出顺便饲养十只母鸡，甲方予以同意，母鸡所吃饲料，甲方免费提供。关于报酬，乙方男者享受生产队男的同等劳力工分，女者享受生产队女的同等劳力工分。

乙方要尽心尽力养好鸭子，不准将生产队的鸭子自行处理，如果发现有自行处理的情况，那要加倍偿还，或者用年代工分处罚。此协议一式两份，双方各执一份，一经签订，望双方严格遵守，不得反悔。

宋会计把协议念了一遍，然后说："甲方乙方双方都看一下，看有没有要修改，或者需要补充的地方，这是草稿，如果正式协议那就不可以改动了。"

队长说："乙方顺便饲养 10 只母鸡，好像太多了，社员们知道肯定会说闲话的，那样我们做干部的就被动了。这样吧，苏州人杀半价，就饲养 5 只母鸡吧，保生，你有没有其他想法？"

王保生和王根妹（大龙爸妈）交换了一下意见，他说："5 只就 5 只，5 只母鸡每天下 5 个鸡蛋，我与妻子应该有的吃了。"

宋会计说："说起鸡蛋，饲养那么多鸭子，鸭子也会下蛋的啊！"

副队长说："对的，你们要吃蛋，不一定饲养母鸡，只要饲养母鸭就解决问题了。"

王保生说："鸭蛋是鸭蛋的味道，鸡蛋是鸡蛋的味道，鸭子是吃荤腥，母鸡是吃杂粮的，所以，我和妻子都不喜欢吃鸭蛋，都喜欢吃鸡蛋，所以这 5 只母鸡是一只也不能少。"

　　队长说："青菜萝卜，各有所爱。饲养 5 只母鸡，这个没有什么问题，协议就这样写吧，我想知道，还有哪里需要补充？"

　　王根妹说话了，她的神情有些高兴，说："这协议让我们夫妻养鸭，是一年还是几年，应该写上饲养几年吧，我的意思是最好不能低于 3 年。"

　　队长大手一挥道："3 年就 3 年。"又对宋会计说："这个时间你给写上去。"

　　王保生好像哥伦布发现了新大陆，说："如果你们两位不做队长了，那我们这份协议还管用吗？"

　　"当然，管用。"

　　"管用，管用的。"

　　两位队长抢着回答。

　　王保生和王根妹夫妻俩拿着一份养鸭协议回到家里，大龙仍然没有睡觉，还在房间里做回家作业。

　　王根妹对大龙说："儿子，你看看这份协议有没有问题？"

　　大龙接过协议读了起来。王保生对王根妹说："时间不早了，让儿子早点睡觉吧，不要让他太费脑子了。"

王根妹微微一笑："你这个就不懂了，人的脑子越动越聪明，像你这样脑子一天到夜不动，倘若到老了，很可能会变成老年痴呆症。"

王保生说："我说了一句，你像干部作报告没完没了。"

王根妹说："你不要说话了，听儿子怎么说？"

大龙手执协议说："不是队长和副队长要我找老牛的麻烦吗，这个协议上怎么一个字也没有写？"

王保生说："我问过队长的，他说这种私下做的事怎么可以写在协议里呢？倘若被他人看到，那整个生产队要地动山摇的。"

王根妹说："地动山摇，那就是唐山大地震了。"

王保生说："不是唐山大地震，好比说生产队社员们知道真相后，他们情绪会高涨，以致于会做出一些令人无法想象的事情出来。"

大龙说："那不写就不写，反正他们要我找大龙的麻烦也没有写，所以我觉得这份协议还行。"

王根妹走过去，摸了一下儿子的头，说："儿啊，以后你要吃荷包蛋，你一天吃 10 个也有的。"

王保生说："协议上不是讲鸭子不许自行处理吗，如果自行处理那要一只罚两只，那就是犯不着了。"

王根妹指着他的脑袋说："我担心你的脑袋，接下这个饲养鸭子，不知道你脑子会不会开窍一些呢？如果仍然像现在这样笨，那真的跟你养鸭子很苦的。"

又说："我说让儿子一天吃 10 个鸡蛋，这一句话我没有说错呀，不是饲养了那么多鸭子，总会有很多鸭子下蛋吧，那每天就会有很多鸭蛋呀。"

王保生说："那可是生产队的鸭蛋，你我无权自行处置。"

王根妹指着他的脑袋说："你怎么脑袋还不开窍呢？等天暗了，你到鸭棚里捡鸭蛋，鸭蛋多少又没有人跟着你，你拿点儿鸭蛋送给别人，又不要紧的。一般情况下，我想队长和副队长发现不了这个问题。"

王保生说："现在，我明白了。"

王根妹拍了他的肩膀一下，说："我提醒你，你可不能用集体的鸡蛋鸭蛋送给你的相好啊！"

王保生说："我与她早断了，你现在还提她，你想做什么呢？

大龙明白了，父母亲能够做上"鸭司令"，完全是队长和副队长的刻意安排，他们的用意就是要大龙出面对老牛教训一番，让这个小子吃些苦头。大龙想，看来接下来的日子，自己应该动手教训一下这个小子了。

那是夏日的一个下午，老牛一个人在河里摸蚌。

摸蚌派什么用场呢？就是卖给生产队的养鸭场，当然不是现金交易，而是记工分，即一斤河蚌得多少工分。大龙知道老牛每天下午要去外浜河摸蚌，老牛下水摸蚌，总是把自己脱下来的衣服放在河边一棵老树下，等摸到蚌了，一木盆蚌摸到了，他就回到那棵老树下，然后穿好衣服，将河蚌提到养鸭场。

那天下午，大龙吃过午饭就躲藏在一块草丛里，那是老牛下河摸蚌的必经之地。大约等了十几分钟，老牛真的提着一只木盆经过这里了，真的来外浜河摸蚌了。

大龙一阵欣喜。他想，今天就把他的衣服拿走，然后丢弃在河里，让这个小子上岸没有衣服穿，让他出丑。

老牛哪里知道暗处有一双眼睛死死地盯着他呢？

只见他来到了河边，将那一只木盆甩向了河里，然后见四周没人，便迅速脱了衣服，将那些衣服存放在一棵树底下，然后他的身子扑向了河里。

那一只木盆已经飘向了河中央，他浮过去，抓住了木盆，并且游向了对岸。他就在对岸河里摸蚌。别看他人小，但他摸蚌相当有经验，他一只手抓着木盆，不让它飘走，另一只手不时地划着，让自己身子在水里保持平稳，还有一只脚在河底不时地跐着河底，当脚尖触摸着光滑的一种东西，他就一阵欣喜，那就是一只河蚌了，于是他放开木盆，一个焖子潜入水中，将那只河蚌摸起来。

他在河里正在聚精会神地摸河蚌。

他根本不知道岸上有人在对他使坏。

大龙悄悄地来到了那一棵树底下，将那些衣服拿起来，然后他一路狂奔，跑到了村口，那里也是一条河，他就将那些衣服丢在了河里。他对着那条河说："小子，今天就是让你光身，以后你不听我的话，那会让你出更多的丑。"

大龙不知道，他做的这事，被一个小女孩看到了。小女孩叫林妹，她来到河边，看到老牛在对岸摸蚌，就大声叫道："老牛，老牛，你过来，我有话对你说，你的衣服被人给拿走了。"

虽说林妹的声音叫得很响，但老牛在河对岸，他张开耳朵也没有听清她说什么。只见林妹拼命地在向他招手。老牛想，一定是林妹有急事找他，不然她是不会这样"手舞足蹈"的。

于是，老牛在河里一边游泳，一边推着木盆过来了。因为木盆里的河蚌快要满了，所以，老牛还想摸几只河蚌就打道回府。

林妹站立在河边。

"你叫我啥事？"老牛站在河里说。他光着身子，所以在水里只露出上半身。

"我刚才看见你的衣服被大龙给拿走了。"林妹说。

老牛一楞，说："他拿我的衣服干嘛？"

林妹说："这个我就不知道了，不过，我告诉你是大龙拿走你的衣服，你可不要对他说是我告诉你的呀。"

老牛说："如果他真拿走我的衣服，那我就跟他没完。"又说："我哪会对他说，这个我懂的。"

老牛要林妹在那一棵树下好好寻找他的衣服。

林妹围绕那一棵树转了几圈，说："你的衣服真的被大龙拿走了。"

老牛说："我在河里光着屁股，那我怎么上岸呢？"

林妹说："你真的光着屁股吗？"她觉得十分好笑，如果老牛真的光着屁股，那他怎么回家呢，若是路上遇见年轻的女人们，那还不被她们骂他是小流氓啊。

老牛对大龙恨得咬牙切齿。

林妹说："要不要我到你家给你拿衣服呀？"

老牛说："我爸妈都在田地里干活，你又拿不到我的衣服。"

林妹想了想说："这样吧，我回家去拿我哥哥的衣服给你，你到时候把衣服还给我好吗？"

老牛求之不得，连声说了六个好："好好好，好好好！"

"你等着，我去拿衣服。"林妹欢快地回家拿衣服去了。而老牛已没有摸蚌的心思，他想，上岸后把河蚌送到养鸭场，然后到大龙家找他，如果他不在家，那就把他家的木门砸一个窟窿，他索性豁出去了。

大约十几分钟后，林妹拿着她哥哥的衣服回到了河边。她将衣服放在河边，说："那我走了。"

老牛说："你可不能回头看我。"

林妹说："谁看你呀，看了我要得红眼病的，我犯不着啊！"

老牛说："那你别走，和我一块走。"

林妹已经转过身子说："好呀，那我不看你，你快上岸穿衣服吧。"

老牛先将木盆推到河边，然后像一头水牛突地爬到岸上，快速地穿上衣服，然后弯腰将木盆拖上岸来……

林妹转过身，惊讶地看着老牛，说："你穿上我哥哥的衣服，有点儿像我哥哥了。"

老牛说："哦，那你叫我哥哥好了。"

林妹说："我才不叫你哥哥。"

老牛说："不管你叫不叫我哥哥，我都要谢谢你，要不然，我只好一直待在河里。"

林妹说："你不会一直待在河里的呀。"

老牛诧异地问："我不待在河里，但光着身子又怎么上岸呢？"

林妹说："那天暗了，你不是就可以上岸了吗？"

老牛叹了口气说："哎，那我要在河里泡多久啊！"又说："走，我先去养鸭场把河蚌卖了。"

虽说大龙的父母亲在养鸭场，但他们在外面放鸭子，所以此时他们并没有在那里，在养鸭场的是一个残疾人，他脚有残疾，负责养鸭场的日常工作，比如收河蚌之类的工作。

有道是，无官一身轻。而老牛是无蚌一身轻了，他将那木盆放在村庄一户人家的猪棚里，然后就直奔大龙家，他要找大龙讨一个说法。

林妹说："你打不过大龙的。"

老牛说："是的，我年纪比他小，我是打不过他，但我是正义的，他把我的衣服拿走，他是不正义的，而正义一定会战胜不正义。"

林妹说："那你怎么战胜他呢？"

老牛说："让我想想用什么办法呢？"

林妹和老牛一边说，一边来到了大龙家。看到他家的门铁将军把门，大龙并不在家。老牛眼睛一亮，突然发现大龙家的晒场上有衣服架子，上面挂着很多衣服。

老牛突然想到了一个办法。他对林妹说："我有办法了。"

林妹说："你有什么办法？"

老牛说："你看我的。"说完，他就冲到晾衣服的架子前，伸手将那些衣服撸在手里。林妹有些害怕，说："你可不能这样啊，被大龙看见，他会动手打你的。"

老牛说："他敢打我吗？惹我火了，我就跟他拼命，是他欺人太甚。"

林妹说："君子报仇，十年不晚。等你长大了，再与他打一架吧。"

老牛说："我等不了那么久。"说完，他拿起这些衣服拔腿就跑，跑到河边，将那些衣服甩到了河里，他站在河边，看着那些衣服飘走了。

老牛说："你不要告诉大龙。"

林妹点头道："我的心向着你，永远不会告诉他的。"

老牛说："这就好，打死也不能说，这些衣服是我甩在河里的。"

林妹说："我会永远守住这个秘密。"

---

老牛和林妹沿着河岸走了很长的路，也没有看见河面上有他的衣服，估计那些衣服沉到河底了。无奈，老牛只好穿着林妹她哥哥的衣服回家。

"你跟我回家，我把你哥哥的衣服还给你。"老牛说。

"你不用急着还，你今天就穿着它吧。"林妹说。

"不行，你哥哥知道我穿他的衣服肯定会怪罪你的。"老牛说。

"我哥可不像你说的那么小气。"林妹说。

但老牛坚持要把衣服还给林妹。

"那我哥的衣服，你穿过了，总不能不洗就还给我吧。"林妹说，本来她是不想说的，但老牛执意要把衣服还给她，她只好使出了这一个最后的"法宝"。

"那我就换衣服，你等我，我去河边洗衣服，一定把干净衣服还给你。"老牛一边说，一边飞快地向家的方向跑去。而林妹紧紧地跟在他的后面。

老牛到了自家门口，就收了晒衣架上的汗衫和短裤，对林妹说："你在这里等一下。"

"你去河边洗衣服吗？"林妹问。

"我还没有换衣服呢！"老牛说。

"要我给你望风吗？"林妹说。

"不用，我到弄堂里一会儿就换好衣服了。"老牛说，没等林妹说话，他拿着衣服跑到弄堂里，只一会儿功夫，他就换好衣服了。

"那我去河边洗衣服了。"老牛说。

"你会自己洗衣服？"林妹说，她有些不相信。

"你不要不相信我，我不但会洗衣服，还会做饭，还会喂猪。"老牛说，他很得意的样子。

"你还会养猪啊。"林妹睁大了眼睛。又说："这些我哥哥可一样也不会做。"

老牛说："你哥哥比我幸福，可以专心读书，而我一直要做家务。也许过些日子，我就不去上学了。"

林妹说："你不上学做什么呢？"

老牛说："跟爸爸下地劳动。"

林妹说："你自己真不想读书吗？"

老牛说:"也许我读不进书了。"

林妹说:"是不是你家没有钱呢?"

老牛点头道:"是没钱供我读书。"

林妹认真地对他说:"我有压岁钱,我借给你,你不能不读书啊!"

老牛说:"我不要,我是男孩子,如果向你借钱,你就会看不起我,我才不会跟女孩借钱呢。"

林妹说:"我不说,你不说,别人又不会知道你向我借钱的。"

老牛抖了抖手上的衣服说:"我只顾着和你说话,把洗衣服的事也忘记得一干二净了,好了,我要去河边洗衣服了。"

---

傍晚时分,大龙回家却没有发现晒场上晒衣架上的衣服没了。因为他的父母亲吃住在生产队养鸭场,所以晚饭他也是跑到养鸭场吃,当他来到养鸭场,他母亲王根妹问他:"你晒场上的衣服有没有收好呢?"

"我没想着。"大龙如实说。

"哎哟,我不是嘱咐你傍晚到家要收好晒场上的衣服吗?你怎么会忘记呢?"王根妹说。

"让我吃完晚饭回去就收。"大龙说。

"这样吧，你和爸爸先吃晚饭，我回家一趟去收衣服。"王根妹一边说，一边将准备好的饭菜端到一张小方桌上，然后脱下围裙说："你们父子俩先吃吧，我收好衣服就会回来吃饭。"

王保生给自己倒了一碗粮食白酒，他先开始喝起酒来了。且招呼大龙道："今天晚饭你娘做菜很好，你快点来吃饭吧。"

大龙一眼看见了桌子上的一碗红烧肉，眼睛顿时像发光一样了，他说："娘做了红烧肉也不跟我说一声，如果我早知道有红烧肉，我不用你催，两碗米饭便扒光了。"

王保生说："你在身体发育阶段，红烧肉要吃，萝卜青菜也要吃，这样荤素搭配，对身体是大有好处的。"

大龙觉得父亲读书少，所以心里有点对父亲说的话不服气，所以他对王保生说："红烧肉又不是天天有得吃，半个月才可以吃到一次红烧肉，你竟然还要我什么荤素搭配，不好意思，你自己把握好这个荤素搭配吧。"

王保生心头不禁涌起一股莫名的失落。他心想，儿子才十六七岁，如果以后他翅膀硬了，不知道他对父母是怎样的一种态度呢？他越想越气，一个人只好默默地喝酒。

大龙只顾自己吃，很快一碗红烧肉都被他一个人吃光了。王保生苦笑一声，说："你不能留一块红烧肉给你母亲吃吗？"

不料，大龙回敬道："她做红烧肉时早就吃饱了，这个用不着你来管吧！"

王保生气得嘴巴里一口酒险些喷出来。

这时，王根妹气势汹汹地回来了，说："不好了，不好了，晒衣架上的衣服一件也不见了。"

王保生说："谁会要我们这些旧衣服呢？"

王根妹说："旧衣服可以换糖吃的，对了，衣服肯定是被人偷去换糖吃了。"

大龙突然站了起来，伸手拍了一下桌子，说："我知道是谁偷走我家衣服的，现在我就去找他，这个小子不要活命了，今天我就要他好看。"

❦

大龙忘了自己把老牛的衣服甩在河里的事了，他认定偷走他家衣服的人就是老牛，所以他冲出家门向老牛家跑了过去，他要找老牛要回衣服。

大龙直接冲到了老牛家的屋里，他大吼一声："老牛，你小子，给我滚出来。"

他如此大声叫喊，可把在灶间的老牛爸、老牛妈吓了一跳。听他的口气，好像老牛做了坏事一样。所以，来者不善，善者不来。那么，他来做什么呢？"

其实，老牛就在他的房间里，他听到了大龙的声音，只是他没有走出来。

"你是来找老牛吗？"老牛爸问道。

"老牛做了什么事，让你这样火气大呢？"老牛妈说道。

"你叫他出来，我跟他说，告诉你们，你们的儿子好好的人不做，却做贼。"大龙又是一阵大喊大叫。

"做贼，难道老牛偷东西了吗？"老牛爸说。

"你说老牛做贼，那他偷了啥东西，你这个话可不能乱说，要是老牛没有偷东西，你把老牛的名声搞坏了，那我们也不会放过你的，这个你要想明白。"老牛妈说。

"你们不要啰嗦，快叫那小子出来，老子的忍耐是有限的。"说完，他飞起一脚向大门踢去。

老牛爸见此，走到他面前，厉声责问道："你再敢踢门，我叫你竖着进来，横着出去。"

老牛妈见此，从屋子角落里拿了一根木棍递给老牛爸说："你拿着，他再踢门，就一棍子打断他的腿。"

大龙真是一个欺软怕硬的家伙，他身子往后退了几步，他见到老牛爸手里的木棍，再也不敢踢门了。

这时，老牛从里屋走了出来。他走到大龙面前，说："我

没去找你，你却自己找上门来了。我在河里摸河蚌，你把我
放在树底下的衣服拿到哪儿了，快把我的衣服还给我。"

大龙没料到老牛会使这一手，他一点思想准备也没有，
所以，他支唔着说："我没有，我没有拿你的衣服。"

老牛说："你没拿衣服吗？是你把我的衣服甩到河里的，
有人看见的，你别想抵赖。"

大龙做贼心虚说："谁看见的？"

老牛当然不会说是林妹看见的，这是他要永远守住的一
个秘密。他淡定地说："有人看见的，你别抵赖了，你快把我
的衣服还给我。"

老牛爸用木棍敲打了一记墙头，说："你把我儿子的衣服
拿走了，竟然还到我家里来大喊大叫，谁给你的胆量啊？"

❧

老牛和父母齐上阵，大龙见招架不住，只得放了一句狠
话："如果不把我家的衣服还给我，你们家从此就不得安宁。"

老牛并不害怕他，对他说："我怕你吗？我家有 3 间房，
你家有 4 间房，你放火烧我家房，我也会放火烧你家房啊，
我还赚 1 间房呐。"

大龙说："放火烧房，犯法的，我不会干。"

老牛说："你也知道犯法啊！"

大龙说："我不会做犯法的事，但从此之后，我不会让你们一家人过上太平的日子。"

老牛说："你把我的衣服甩到河里，你就不是一个好人。"

大龙说："我对你说过了，我没有拿你的衣服，而你才是偷我家衣服的贼。"

老牛听到大龙说他是贼，就火了，他欲抢父亲手中的木棍，但老牛爸没放手，所以，老牛并没有抢到木棍，他看到了地上有一把扫帚就捡了起来，大龙见势不妙，就冲出门外，逃之夭夭。

大龙走了，老牛爸问大龙："他家的衣服，你拿了没有，你要跟父母亲说实话，这样我们知道实情，可以知道怎样解决此事。"

老牛想，这件事情除了林妹知道，不能让其他任何人知道。所以，他不慌不忙地说："我要偷他家的衣服干啥？"

老牛妈说："那大龙怎么会说你偷他家的衣服呢？"

老牛说："嘴巴长在他的头上，他想说什么，我能叫他不说话吗？"

老牛爸对老牛妈说："这件事情不能责怪儿子，我看大龙这个小子不是好人，你想儿子在河里摸蚌，他却把儿子的衣服全拿走了，他这不是无事找事吗？"

老牛说："他就是无事生非。"

老牛爸对老牛说："今天这个小子来我家没有讨得便宜，他肯定不会善罢甘休，你出门得要注意一下。"

老牛说："爸，你放心，我会当心的。"

老牛爸便来到门外，他的身子靠在家门前一棵楝树下，老牛妈走到他身边，说："快回到屋子里，早点儿睡觉吧，不要影响明天早上出工。"

老牛爸有些忧虑地说："我担心大龙这小子杀回马枪，所以我在外面待一会儿。"又说："你睡觉去，我再待一会儿，就回屋睡觉。"

老牛妈说："那我陪你在外面待一会儿。"

于是，两个人都靠在楝树上。

老牛爸说："大龙来我家这个事，要不要我去找他父母亲说一下呢？"

老牛妈想了想，说："王保生、王根妹就是一对活宝，你说大龙不好，他们肯定不会承认的，反而会跟我们大吵大闹。"

老牛爸说："你说的也是。"

大龙与父母亲都住在养鸭场。此时，他空手回到养鸭场，却是一副垂头丧气的样子。

王保生问："咱家的衣服找到了吗？"

大龙说："老牛这小子不承认是他偷的。"

王根妹说："你没找到衣服，一家人都没有衣服换啊！"

大龙说："衣服可以不换，但我心里这口气咽不下去。"

王保生说："衣服肯定被老牛藏在什么地方，虽说是旧衣服，不值钱，但要去买新衣服，那就要花很多钱了。"

王根妹说："你这么说，让我想起来了，这些衣服可能被老牛藏在他家猪棚里。"

王保生说："那我现在就去他家猪棚里寻找。"

王根妹说："现在时间不早了，等天亮再去寻找吧。"

大龙说："有没有手电筒？我来去他家寻找。"

王保生说："我和你一块去。"

大龙坚持道："我一个人去，你找一只手电筒给我。"

王根妹对王保生说："你听儿子的，就让他一个人去吧。你找找看，那只手电筒在哪里？"

王保生很快找来了一只手电筒，对大龙说："那你快去快回，我等你回来再睡觉。"

大龙说："你不要等我，我说不定什么时候回来的。"说完，他拿着手电筒飞快地出门了。等他出门，王保生说："刚才忘记了没有嘱咐他不要跟老牛吵架，寻不到衣服就回家。"

王根妹说："儿子又不是 3 岁小孩，怎么做，他懂的。老实说，有些事情，你还不如他。"

王保生说："我哪里不如他呢？"

王根妹说："儿子会捉鱼，下雨天只要他出门，就可以捉一篮子大鱼小鱼回来。"

王保生笑道："我也会捉鱼的。"

王根妹说："我可从来没有吃过你捉的鱼啊？"

王保生哈哈笑道："我会在碗里捉鱼啊！"

王根妹伸手在他脸上拧了一把，说："你就是这样一个没出息的男人。"

王保生说："那我想问你一句话。"

王根妹："你说。"

"你说我是一个没出息的男人，那儿子没有我，你一个人能生出来吗？"

"能啊。"

"你能吗？"

"怎么不能呢？"

"没有我，你能生儿子出来吗？"

"哎哟，世界上难道除了你一个男人，没有其他男人吗？"说着，王根妹笑个不停。而王保生却并不服气，说："我搞不懂，男人和女人睡觉了，怎么就会生出儿子来的呢？"

———————————❧———————————

　　大龙拿了一只手电筒出门了，就像做贼一样，他走路的时候没有打开手电筒。他来到了老牛家，看到老牛家屋子里还亮着电灯，便知道老牛家肯定还没有人睡觉。大龙对自己说：那得小心一点了，不能惊动他们。

　　老牛家的猪棚门虚掩着，里面漆黑一团。

　　大龙蹑手蹑脚地推开了猪棚门。

　　顿时，猪棚里两头肉猪嚎嚎地大叫起来。

　　老牛爸还没有睡觉，他坐在床头抽烟，猛然听到猪棚里猪的叫声，以为有人来偷猪，连忙叫醒妻子："你快起来，有人来偷猪了。"说完，他操起一根木棍奔了出去。

　　大龙来不及逃走，就这样被堵在猪棚里。

　　老牛爸朝猪棚里大叫："偷猪贼，你给我出来，不然我就要用木棍打人啦。"

　　这时，老牛妈也跑了过来。

　　猪棚里除了肉猪在叫，没有发出其他的声音。

　　老牛爸对老牛妈说："你去叫几个邻居过来，今天我要活捉这个偷猪贼。"

听说要叫几个邻居过来，大龙心想，这样事情就闹大了，再说自己是过来寻衣服，并不是偷猪，所以用不着害怕啊，应该挺身而出，应该出去面对才行。于是，他说："我是大龙，今天我到猪棚寻找衣服的。"

大龙打着手电筒从容地从猪棚里走了出来。

这时，老牛妈和几位邻居也来了，他们将大龙团团围住。大龙说："今天我家晒在场上的衣服都被老牛偷走的，但这小子死活不承认是他偷的，我认准是他偷的，估计这些衣服他藏在猪棚里，所以我到猪棚里寻找衣服。"

老牛爸说："你说老牛偷你家的衣服，简直是胡说八道，我看你就是想来偷猪，今天你不讲清楚，我是不会放你走的。"

老牛妈说："你比老牛年纪大几岁，身材长得高，就经常欺负老牛，如果今天你不把话说清楚，我让老牛爸打断你的腿，看你以后还欺负老牛不？"

几位邻居也纷纷说，大龙你来寻找衣服，白天可以来找啊，怎么晚上来找，这个道理实在有点讲不通。

大龙说："你们知道吗？我家的衣服都是被老牛偷走的，这笔账还没有找到他算，那你们把老牛叫过来，我要当面问问他，我们家的衣服都到哪里去了？"

老牛妈说："好，我去叫老牛。"

此刻，老牛已经睡觉，他哪里知道屋子外面发生了这样的事情呢？

———————————✣———————————

不过，大龙是"玩坏"的坏名声在外，所以在场的邻居们有的打退堂鼓了，便对老牛爸说，就算了吧，大龙到猪棚他说不是偷猪就不是偷猪，就让他走人吧。

老牛爸说，不能随便放他走，总要问一下他的吧？

这时，老牛走了过来。

大龙为了尽快脱身，这回没有说老牛偷他家的衣服，他对老牛这样说的。他说："老牛，我来你家猪棚里寻衣服，可是你爸以为我来偷猪，这是一个误会。"

老牛说："我没有偷你家的衣服，但我的衣服是你偷的，这个你得承认。"

大龙说："谁能证明我偷你的衣服呢？"

老牛说："有好几个人都看见你偷了我的衣服，你把我的衣服甩在河里了，但我不会告诉你是谁告诉我的，因为你是一个小人，你会对他们不利的。"

大龙说："你才是小人，是你偷了我家的衣服。"又对周围的人说："如果你们拦住我，不让我走，我大龙真的什么事都做得出来，不信你们就等着瞧。"

结果，大龙和老牛就吵起来了。

老牛妈悄悄地拉了一把老牛爸，轻声地说："就放了大龙吧，这个小子不是好人，什么坏事都做得出来的，不要今天我们占了便宜，明天他就会来报复我们的，再说老牛年纪比他小，倘若打架也打不过他，吃亏的总是老牛，你说我说的对不对？"

老牛爸说："现在这个事情有点儿搞僵了，放他走吧，他气焰更嚣张，不放他走吧，不晓得会惹出什么麻烦来。"

老牛妈劝说道："还是让他走，因为他不可能是来偷猪的，他一个人怎么偷猪呢？就只当他是来找衣服的吧。"

老牛爸说："你这么提醒我就对了，他一个人偷不了这两头肉猪的，好吧，那就让他走人。"

此时，老牛和大龙还在争吵着。

老牛爸对大龙说："今天时间不早了，我也不想去找大队治保主任来了，现在你想走，你可以走了。"然后，老牛爸又对周围邻居说："大家让开一条路，让大龙走人。"

大龙没说一句话，拔腿便走了。走了几步，他回头大声说："今天这个事情没完，你们团团围住我，我会让你们付出沉重的代价！"

老牛想追上去，但被老牛爸给拉住了。老牛爸说："你不要去惹他，你打不过他，如果他欺负你，你对我说，你对付不了他，我可以对付他，刚才我就不想放他走，把他用绳子捆起来绑在大树上那就好了。"

———————————❦———————————

王保生和王根妹并不知道大龙在老牛家碰了一鼻子灰，他们觉得儿子大龙到哪儿都是吃得开的人物，没想到他也有灰头土脸的时候。

王保生问道："衣服有着落吗？"

大龙说："我刚想在那个猪棚里寻找衣服，就被人发现了，他们说我是偷猪贼，竟然围住我，不让我走，这口气我咽不下去，我一定要报复。"

王根妹说："儿啊，你吃着大亏了吗？"

大龙说："是的，好汉不吃眼前亏，我见他们人多，所以随便他们怎样折磨我，我都没有与他们计较。"

王保生说："是哪几个人？我现在就去找他们。"

大龙说："不必你出面，对付这几个人我有的是办法，我对付不了那些大人，但对付老牛这样的小人儿我不费吹灰之力。"

王根妹嘴巴上要儿子怎样怎样的，但她心里不免为儿子担忧的，生怕他闯祸，所以对他说："你吓唬他们一下就算了，不必真的报复他们，如果闹出大事来，那可就无法收场了。"

王保生对她说："他们欺负到儿子头上来了，不给他们一点颜色看看，以后还不是骑在儿子头上作威作福。"

大龙说："他们在我头上作威作福，这是不可能的。"

王根妹说："应该你在他们头上作威作福。"

王保生说："作威作福，这个词不太好听，应该叫让他们言听计从。"

大龙说："好了，我睡觉去了。"

王根妹说："儿啊，明天早上我来杀一只小鸭子，你是吃红烧鸭，还是喝鸭汤？"

王保生说："这个鸭子太小了吧。"

王根妹对他说："你懂个屁，这个小鸭子才营养丰富呢！"又问大龙："你说喜欢吃什么鸭子？"

大龙说："我喜欢吃红烧鸭子。"说完，他脱下衣服，往地上一甩，说："我睡觉去了。"

王保生对王根妹说："时间不早了，我们也睡觉吧。"

王根妹说："你先睡觉，我要杀鸭子。"

王保生说："你脑子有毛病吧，半夜三更杀什么鸭子？"

王根妹说："你脑子才有毛病，你儿子明天一早就要吃红烧鸭子，早晨杀鸭子来得及吗？现在把鸭子杀好，早晨起来就可以直接做红烧鸭子，你说对不对？"

王保生说："那你这个鸭毛要埋葬起来的，如果被队长看见，那可不得了啊！"

王根妹说："你这个提醒得好！"

———❦———

为了让儿子一早吃上红烧鸭子，王根妹凌晨4点就起床了，然后点燃了一只煤炉，开始做红烧鸭子。早晨5点，大龙起床了，他脸都没洗，就开始吃早饭，他一个人狼吞虎咽，把一只红烧鸭子全给吃光了。

等王保生起床，问王根妹："你的红烧鸭子呢？"

王根妹说："没了。"

王保生说："你不是说早晨要做红烧鸭子吗？"

王根妹说："做了，你儿子一个人全部吃光了。"

王保生说："他一个人能吃光一只鸭子？"

王根妹说："是的，我尝都没有尝一块鸭肉。"

王保生说："这小子长大没良心的，一块也不留给我吃呀。"

王根妹说："这是小鸭子，其实也没有多少鸭肉。"

王保生说："对了，你把鸭毛处理好，还有鸭子骨头都丢在河里，不要被别人发现，特别是不能让队长、副队长，还有宋会计发现，如果被他们发现，那我和你就死定了。"

王根妹说："那你把鼓风机搬出来，这个吃饭间里吹吹风，把鸭肉的香味给吹走。"

王保生叹了一口气，说："鸭屁股都没吃着，却要为此而提心吊胆，哎，这个小子又是吃死人不吐骨头的，有两只鸭子也会被他一顿吃光的。"

王根妹说："看你这个馋相，那我今天去买一副猪大肠，做红烧大肠，你想不想吃？"

王保生不假思索地说："想吃，想吃。"

王根妹说："就是猪大肠搞干净比较麻烦。"

王保生说："你现在就去买猪大肠，我负责把猪大肠搞干净。"

王根妹说："算了吧，上次那个猪大肠，你都没有搞干净，一股臭烘烘的味道。"

王保生说："大肠带点儿臭才叫大肠，你现在就去买大肠吧。"

王根妹便拎着一只篮子出门了。

前面就是一座小木桥。说出来你可能不会相信，这一座小木桥就在小河上架设了两块长长的木板。王根妹老远就望见小木桥那里聚集着好多人。她纳闷，这些人围在桥头干什么呢？

于是，她加快了步伐。

她走到桥头一看，小木桥上的两块桥板都不见了，想过桥的人过不去了。

她便骂道："哪个混蛋把桥板给弄走了？"

有人告诉她："你不要骂人了，弄走桥板的不是别人，正是你的儿子大龙呀。"

王根妹一听是儿子弄走桥板的，便不吭声了，过了一会儿，她才说："你们看见大龙弄走桥板的吗？如果你们瞎说，我可不会给你们好脸色看的。"

❦

那么，大龙为何要把小桥上的木板弄走呢？说白了，他就是不想让老牛从小桥上经过。

那天，大龙看见老牛背着书包走着，知道他必经那一座小桥。于是，他飞快地向小桥跑去。他从小桥上跑到了对岸，然后使出吃奶的力气，将两块桥板翻到了河里，那两块桥板漂浮在水面上，很快就被水流给冲走了。

老牛来到了小桥，一看没有桥板，他无法过桥。但这难不倒他，他见四周没人，就脱掉衣服下到水里，一手划水，一手举着衣服和书包，很快就游到了河对岸。大龙看到老牛游泳过来了，他怕老牛看到他，便逃之夭夭了。

只是苦了那几个女同学，她们无法过河，就在河边徘徊。结果，在桥头围聚的人越来越多。有人去报告队长，队长火了，便问道："是谁干的这个缺德事？"

"是大龙把桥板翻到河里的。"有人说。

"谁看见的？"队长问。

"很多人看见的。"有人回答。

"大龙这小子脑子进水了吧。"队长说，他搞不明白，小桥是同学们上学必经之路，怎么可以把桥板翻到河里呢？

看到那么多同学聚在桥头，队长想出了一条妙计，他对大家说："你们不要急，我去叫一只船过来，把你们接到对面去。"

在场的大人和孩子欢呼雀跃。但有人提出，一定要对大龙进行处罚，还有尽快把桥板找到，重新把小桥架起来，保证同学们上学不受影响。

很快，一只小船过来了。摇船人正是老牛爸。这些孩子们都会游泳，也熟悉船上生活，所以，他们对于摆渡并不害怕，十几个人都走到了船上。

老牛爸问："你们看到老牛了吗？"

有孩子说："他游泳过去的，应该早已到学校了吧。"

老牛爸把孩子们摆渡到河对岸了，这时队长招呼他，叫他上岸。于是，老牛爸将船绳系在河边一棵树上，他走到队长跟前。

队长说："好事做到底，你在河面上寻找桥板，想办法把桥板架好。"

老牛爸却没有答应，他说："队长，这个我不是不答应，而是应该叫将桥板翻到河里的人干才好，不然我今天把桥板架上去，他明天又把桥板翻下去，那不就是白忙活了吗？"他又问："是谁把桥板翻下去的？"

队长说："哎，是大龙，这个小子做事不动脑筋的，这回我找到他，一定要好好批评教育他。"

———————————❧———————————

大龙把桥板翻到河里，此事被大队李书记知道了，他很是光火，对大队长说："你到学校去，好好教训一下那个小子，如果他不听话，就找到他父母。"顿了一顿，他又说："你就叫他想办法把桥板找到，然后架好桥。"

大队长说："大龙这个小子，别看他现在年纪不大，以后长大了，肯定是一块三角石头，比较难对付。"

李书记说:"所以,趁他年纪小,还没有形成自己的势力,要好好地教训他,让他长长见识。"

大队长说:"好,我现在就找他去。"

李书记说:"如果他不听话,你叫几个民兵去,把这个小子捆到大队部来,我来教训他。"

大队长说:"好,对付这个小子,用不着杀鸡动牛刀。"

当大队长来到学校,发现队长也在那里,队长正在找大龙谈话。大队长看见大龙,心想这个小子年纪轻轻,怎么有那么大的力气将两块桥板翻到河里的呢?会不会还有同谋呢?

大队长问话了:"两块桥板是你一个人翻到河里的吗?"

大龙说:"是。"

"桥板很重的,你一个人翻得动吗?还有没有其他人帮助你呢?"

"没有。"

"那你一个人怎么能翻得动桥板呢?"

"我慢慢地将桥板移动,它自动掉到河里了。"

大队长眼睛死死地盯着他,问道:"谁叫你这样做的?"

大龙没说。

大队长说:"你把桥板翻到河里,如果桥下有人,那可要出人命的。"

大龙说："桥下没人，桥下有人，我不会翻桥板下去的。"

大队长说："那谁叫你翻桥板下去的呢？"他催促着。

大龙的眼睛望了望大队长，还望了望队长，他手一伸指着队长说："就是他！"

队长一时没反应过来，问道："你手指着我想说啥？"

大龙说："是你叫我翻桥板的。"

这回队长终于听清楚了，他简直不敢相信自己的耳朵，愤怒地说："是我要你翻桥板的，那么我叫你去吃屎，你去吃屎吗？"

大队长对队长说："他说是你让他翻桥板的，这个我真没想到。"

队长说："倘若我叫他翻桥板的，那我不得好死，他翻桥板，我做梦也没有梦着。"接着，他伸手拍打了大龙肩膀一下，说："小赤佬，你再说一遍，是我叫你翻桥板的吗？"

大龙歪着头说："就是你叫我教训老牛这小子的，我看他要经过小桥，就赶在他面前把两块桥板翻到河里了。"

---

大龙认定是队长叫他翻桥板的，而队长一时也说不清，这让大队长非常为难。大队长本想把大龙叫到大队部，如果

他还是不认错，那就叫几个民兵将他捆绑。现在从大龙口中得知是队长指使他翻桥板的，那总不能一起将队长捆绑吧。

大队长扬手对队长说："你叫几个社员，把桥板找到，然后把桥板架起来，因为桥不修好，一是影响社员们进出，二是影响孩子们读书。"

队长说："好的。"他转身对大龙说："你得一块去，是你把桥板翻到河里的，那你应该把河里的桥板拖到岸上来。"

大龙说："我不去。"

队长说："你为啥不去？"

大龙说："我要上课。"

校长就在旁边，队长指着大龙对校长说："这个小赤佬把桥板翻到河里，而且还谎称是我叫他这样做的，本来不想叫他去找桥板，但他不思悔改，所以现在必须叫他去寻找桥板，必须让他把桥板拖上岸，把这座小木桥给架起来。"

校长说："是要给他一点苦头吃的。"他转身对大龙说："男子汉大丈夫，既然你承认是你翻了桥板，那应该让你把桥板恢复原位，所以我同意你跟队长去寻找桥板，等架好桥板，你再回来上课。"

大龙这才答应跟队长去寻找那两块桥板。

不知道那两块桥板漂浮在哪里？

大队长对队长说："那你们去寻找桥板，如果一时寻找不到桥板，那就找一条船摆渡，总之不能影响社员们进进出出，不能影响孩子们上学和放学。"

队长说："大队长，你放心，这件事情我一定会办好的。"

大队长临走时嘱咐大龙道："以后可不能做这种损人不利己的事情了，如果你是大人，那我真的可以叫民兵把你捆起来，但毕竟你年纪还小，所以这件事情马马虎虎就让它过去算了。"

大龙说："随你便，不过现在你叫人捆我，那我长大了，谁捆我的，我就捆谁，君子报仇十年不晚，你说对吧？"

大队长的脸色有点儿尴尬了，说："你做了坏事，还是这样理直气壮吗？"

校长看见大队长脸色难看，便对大龙说："你说这话是什么意思，大队长对你已经网开一面了，而你呢？竟然是恩将仇报，你一点儿羞耻心和感恩心都没有，让我也忍无可忍了。"

大龙这才低下头，不吭一声了。

大龙翻桥板，本想教训一下老牛，可并没有伤害到老牛，倒是自己受到了大队长、队长和校长的一番严厉批评。正所谓，偷鸡不成蚀一把米。

大龙不达到目的誓不罢休。大龙伺机还是想整一整老牛，让老牛吃一点儿苦头。那天，他经过邻队，看见一群社员在种植西瓜、香瓜，还有番茄、南瓜等苗子。

于是，一个计谋在他脑海里出现。

什么计谋呢？大龙心想，找一个他们不在的机会，把这些瓜果的苗子全部拔了，然后把这事嫁祸给老牛，嘿嘿，这样老牛就抵赖不了，然后让他乖乖地赔钱，岂不快哉。

那么，如何将此事嫁祸给老牛呢？他一路走，一路想，不料前面路上有一摊牛粪，他没有看见，便一脚踩了上去，结果一只鞋子都隐在牛粪里，而且一脚踩下去时，那牛粪四溅，有些牛粪直接喷射到脸上，他叫苦不迭。这样，他更加深了报复老牛的决心。

他一个人来到河边，怎么洗都洗不掉鞋子上的牛粪味。这时，女孩儿林妹走过，林妹看见是他，她并不想理他，所以她扭头就走。

大龙走上去，挡住他道："你为啥看见我就走。"

林妹说："脚长在我身上，我想往哪儿走，我就往哪儿走呗。"

大龙说："我想差你做一件事。"

林妹拒绝："我不愿意。"

大龙威胁道："不愿意？你再说一遍！"

林妹见他凶神恶煞的样子，便欲言又止。大龙见她有点儿"回心转意"，便对她说："你跟我来。"

林妹极不情愿，但怕他动手打人，便轻轻地说："到哪儿？"

大龙说："我踩着一脚牛粪，请你给我洗一下鞋子。"

一听说是牛粪，林妹就恶心得吐了，说："你自己洗，我可不洗，我最讨厌牛粪，还有晒场上的鸡粪。"

大龙说："那好，我自己洗，你陪陪我不好吗？"

就这样，林妹被大龙软硬兼施骗到了河边。大龙就自己洗鞋子，他一边洗鞋子，一边对林妹说："如果我和老牛打架，你会站在哪一边？"

林妹心想，你小子心眼坏，一直做坏事，而老牛老实朴素，当然会站在老牛这边。

但她没有这么说，她什么话也没说。大龙又问道："你会站在谁一边？"

"你俩哪一个对，我就站在那个对的人一边。"林妹说，她舒了一口气……

　　大龙自己洗好了鞋子，看到对岸有西瓜，对林妹说："你要不要吃西瓜？"

　　林妹说："哪里有西瓜呢？"

　　大龙指着对岸说："河对岸就有西瓜的。"

　　林妹说："你骗我呀，我看到这几天大人们都在种西瓜、种香瓜，到夏天的时候西瓜、香瓜才能成熟。"

　　大龙说："我以为你是小姑娘，还不懂呢？"

　　林妹说："我都14岁了，你真是小看我啦。"

　　大龙说："那这样吧，等西瓜、香瓜成熟的时候，我一定到河对岸摘西瓜、香瓜给你吃。"

　　林妹说："我可不要。"

　　大龙说："你为啥不要呢？"

　　林妹说："你是偷瓜啊，我可不要你去做偷瓜贼。"

　　大龙说："偷瓜拣最大的摘，偷瓜无罪。"

　　林妹说："倘若被他们发现，那你就要被他们扒去衣服。"

　　大龙说："我是黄鼠狼，不会被他们捉住的。"

　　林妹说："哎呀，你说你是黄鼠狼，我看你真是黄鼠狼，在背地里尽干坏事。"

　　大龙说："我在背地里干什么坏事了。如果你硬要说我做坏事，我真的要对你下手的。"

　　林妹说："我又不是西瓜，你下什么手？"她感觉他不怀好意，说完这句话，她就转身走了。大龙叫道："林妹，你回来，我有话对你说。"

林妹装作没听见，她没回头，步子走得更快了。而大龙也没有追上去，因为他脑海里一直在盘算如何去拔掉邻队种植的那些瓜苗，又如何嫁祸于老牛。走到一条大路上，他看到两个女孩子背着书包，就走了上去，对她俩说："你们怎么现在才放学呀？"

她俩说："老师要我们打扫教室，所以放学晚了。"

大龙说："我刚才丢了一本书，你们捡到了吗？"

她俩摇了摇头。

大龙说："我要检查一下你们的书包。"

那两个小女孩就对他说："好吧，你检查我们的书包吧。"趁两个女孩不注意，他拿走了书包里的一本书。两个小女孩并没有发现他偷书，她们拿着书包走了。

那么，大龙偷书想做什么呢？

原来，他想到了一个计谋，就是在偷来的这本书上，写上老牛这个名字。然后，他要揣着这一本书，去邻队拔掉那些瓜苗，然后把那本书丢弃在那里。

只是他手上书有了，而没有笔，所以他想回家找笔，然后在这本书上写上老牛的名字……

大龙拿着那一本书往家里走，走到一户人家的猪棚附近，看见地上有一支铅笔，他非常兴奋，连忙将铅笔捡起来。这下笔有了，就不用往家里去了，他想。他就翻开那本书，竟然看到书上写有名字"徐月芳"，那可怎么办呢？他觉得这本书有了别人的名字，那就怀疑不到老牛头上了，那自己就前功尽弃了。不行，那得想一个办法。

这时，副队长经过那里，问道："喂，大龙，猪棚那么臭，你想偷猪吗？"

大龙抬起眼睛，朝他看了看，说："白天能偷猪吗？"

副队长说："听你这口气，好像真的要偷猪啊！"

大龙不屑一顾说："偷猪总会被人发现的，我哪有这么笨呢？"

副队长说："我是和你开玩笑的，不过，我得告诉你一件事，老牛可能不读书了，他要回来种田了，这件事情你知道吗？"

大龙很惊诧，说："我不知道啊，他怎么不想读书呢？"

副队长说："他很可能读书读不上吧，可能他想学泥瓦匠，但我和队长都不会同意，这个年轻人要学木匠，那个年轻人要学泥瓦匠，那这个田谁来种？如果荒田，那我和队长都会遭殃，那可不行啊！"

"荒田对你们干部的影响这么大吗？"大龙似信非信。

"应该是吧，但不可能出现荒田的，倘若荒田那就颗粒无收了，那真的会有很多人饿死的呀。"副队长又说："即使也总比饿死好吧。"

荒田不是大龙所关心的事，他对老牛辍学倒是很感兴趣。他说："副队长，你刚才说老牛不上学读书了，那我感觉你修理他的机会来了。"

副队长说："我不用修理他，只要让他修理地球，让他老老实实在田地里劳动，至于他想学泥瓦匠，这个名额永远轮不到他。"

大龙对修理地球不懂，所以他问："你讲让老牛修理地球，我有点儿不明白。"

副队长哈哈大笑："修理地球，就是种地，看你面孔蛮漂亮，原来你也是聪明面孔笨肚肠啊！"

大龙尴尬地一笑，说："你就说修理地球就是种地得了，还他妈的讲那么多废话。"

副队长听到脏话，一下子很不开心了，说："你这个小赤佬，你骂我干啥？"

大龙双手一摆，说："好奇怪啊，我骂你了吗？"

副队长说："刚才我好像听你说他妈的，他妈的不就是骂人吗？"

大龙说："他妈的，我说他妈的了吗？"

副队长摇着头走了，他心里想：这个小子骂人，他长大后一定不是什么好东西。

❧

大龙翻看着那本书，显然他是在犹豫，不知道怎么可以把拔瓜苗的事嫁祸到老牛头上？他看到"徐月芳"三个字就生气，而且书里这个名字不止一处有，如果这本书没有这个名字多么好啊！他索性把写那名字的一页撕扯下来了，这时他脑筋突然开窍了，何不把写有"徐月芳"名字的页面撕掉，再写上老牛的大名，这本书不就是算老牛的了吗？

这真是一个绝妙的好主意，他高兴地把那本书在头上抛了几下子。

然后，他用那支铅笔，在书上写下了"老牛"两字。为了突出老牛，他还在书上写了好几个老牛，这样在陌生人看来，这一本书非老牛莫属。

这下，他就等待天黑了。

只有借着黑幕，他才可以行那"偷鸡摸狗"之事。

因为是刚种下的瓜苗，谁也不会想到有人会打它们的主意，只有当西瓜、香瓜、南瓜长出来时，生产队才会派人看护，那个看瓜棚才有人居住，常有一把长长的鱼叉放置在看瓜棚门口，那鱼叉就是吓唬那些偷瓜贼的。

因为没人看护，大龙来到了那里，如入无人之境，他忙活了四五个小时，将那块地种植的所有瓜苗一一拔光，然后将那些瓜苗全部抛在了河里。

写到这里，我想起了顾城的诗："黑夜给了我黑色的眼睛，我却用它寻找光明。"

而对于大龙来说，这首诗应该这样写了：黑夜给了我黑色的眼睛，我却用它拔光了所有的瓜苗。

最后，他不忘将那本写有"老牛"名字的书丢弃在瓜田里。为了不被风吹走，他还捡一块石头，将这本书压住一角。他真是太用心了啊，他的目的就是嫁祸给老牛，让老牛"出血"。

然后，他若无其事地回到了养鸭场。

王根妹看见儿子脚上的鞋子都是泥巴，便问道："你去哪里了，怎么鞋子上都是污泥呢？"

大龙没想到母亲会这样问他，所以他一时不知道怎么回答。只听母亲又说："哎哟，你鞋子上那污泥好像是粪便吧，好臭啊。"

大龙说:"哪儿会呢?"

王根妹拿过鞋子说:"你看,真是粪便,不知道你去了哪里?"

大龙说:"我去街上,回来时走的小路。"

王根妹说:"以后,夜里不要走小路,你听说最近有人夜里走小路,遇到'扒猪猡'吗?"

大龙说:"什么是'扒猪猡'呢?"

王根妹说:"就是夜里走小路,被坏人扒光了衣服。"

大龙说:"这个我不怕他们的,谁也不敢动我一根汗毛。"

❦

第二天上午邻队还没有发现瓜苗被拔光的情况,直到午饭后有人去给这些瓜苗浇水,这才发现瓜田里一棵瓜苗也没有了。他们连忙报告该队队长。这个队长姓陆,下面就叫他为陆队长。

陆队长听到瓜田里一棵瓜苗都没有了,以为是别人开玩笑,所以,他一开始并没有在意。有人继续对他说,陆队长,我们队瓜田里的瓜苗都被拔光了,但不知道谁做了这个缺德事。

这下陆队长才双脚跳了起来。

他大手一挥，说："到瓜田看看。"

一行人急匆匆地来到了瓜田。瓜田里一棵瓜苗也见不着，陆队长彻底傻眼了，他想不明白，是哪一个缺德的人下了如此的毒手呢？

陆队长对旁边人说："你去叫王会计过来。"

大约十几分钟，王会计就赶到了。他还未站稳脚跟，陆队长便问他："这些西瓜、香瓜、南瓜，还有番茄、茄子等瓜苗，总共花了多少钱？"

王会计说："正好我昨天统计了一下，这些瓜苗总共花了51 元。"

陆队长说："那花了多少劳力种植呢？"

王会计说："这个我没有统计，但我大概情况是清楚的，差不多应该是 30 多人工吧。"

陆队长说："这次我们生产队损失惨重，所以，这个拔瓜苗的不法之徒一定要找出来。"又说："现在大家在瓜田分头寻找，看拔瓜苗的人有没有遗留什么东西？"

"好的。"

"好的。"

众人连声说"好的"，接着便分头在瓜田里寻找可疑的东西。果真，有人在瓜田里找到了一本书，而且这本书被一块小石头压着。那人把这本书交到陆队长手里。

陆队长读过 1 年小学，识得几个字的，他看到书上写着"老牛"，便问身边人："这两个字是不是叫老牛？"

旁边有识字人的，他告诉陆队长，这两个字就叫老牛。

有人像哥伦布发现了新大陆，大声叫道："陆队长，拔瓜苗的人找到了，应该就是老牛，这本书就是他的，这本书就是他拔光瓜苗的铁证。"

有人说，老牛就是隔壁生产队的，是个上学的小男孩。

陆队长连连点头道："不管他是大男孩，还是小男孩，马上通知大队民兵营长过来，把老牛这个人捆到大队部，我们生产队所有的经济损失都要他来赔。"

也有人提出怀疑，这本书是老牛无疑，但是不是他拔光瓜苗的，还要等民兵营长过来后分析和判断。

❧

有人对陆队长说，这本书是不是老牛的，我不能确定，你也不能确定，只有一个人能够确定，那这个人就是学校的老师。

陆队长听了他的话，肯定了他的说法，大手一挥说："拿着这本书，现在我们就去学校。"走了几步，又对身边的人说："你们留两个人在瓜地，因为民兵营长就要来到这里的，叫他暂时不要去抓人，等我到学校让老师确定可疑人后，再将那个人捉拿归案。"

有人问："那个拔光瓜苗的人会吃官司吗？"

陆队长说："吃官司可能吃不着，但他的小命要去掉半条了，因为这个人至少要赔给我们生产队 200 元。这可不是一笔小数目。"

那时候的 200 元，至少需要 2 个劳力 1 年拼死拼活挣工分吧，所以当时来讲，可以说是一个"天文数字"。

陆队长和几个社员来到了学校。他们直接找到了校长室。平常日子里陆队长和校长彼此熟识的。校长看见陆队长脸色铁青，便说："是什么风把你们吹到学校来的呢？"

陆队长向校长递上了这本书，说："校长，你看看这本书是不是你校学生老牛的？"

校长接过这一本书，翻了一翻，说："这是小学四年级的书，老牛在读初二，而且过几天，他就不读书了。"

陆队长继续问："那能确定是老牛的书吗？"

校长说："你们等一下，我去教室叫班主任老师过来，他对老牛同学比较熟悉，我主要负责全校行政工作，对具体学生情况掌握得不够充分。"

陆队长说："要不要我们一起去教室呢？"

校长说："你们就在这里等吧，我去叫班主任过来。"

很快，班主任过来了，是一位四十多岁的女老师。陆队长把那本书递给女老师，说："老师，你看看这本书是不是老牛的？"

女老师翻了翻书，说："可以肯定这本书不是老牛同学的。"

陆队长一愣，说："你凭什么可以断定这本书不是老牛的呢？"

女老师指着书本说："你们看，书本上的名字字体和其他字体绝然不同，一个是恭恭敬敬的笔迹，一个是略带潦草的笔迹，这显然是两个人写的，而且书的内页有缺损，我估计老牛这两个字是后来添加上去的。"

陆队长把瓜田瓜苗全部拔光的事情对女老师说了一遍，女老师再认真地翻看了这一本书，最后她表示，自己是执教多年的老教师，并且是老牛同学的班主任，可以说是看着老牛同学长大的，他是一个比较听话的孩子，不可能做那种缺德的事情。

❦

本来已经确定老牛是拔瓜苗的人，现在却被女老师给否定了。那么，谁是那个拔瓜苗的人呢？女老师说，这是一本小学四年级的书，要找到这本书的主人也不难，她可以帮助一起寻找。

陆队长说："现在就可以查找吗？"

女老师说："让我和校长商量一下。"

陆队长说："好。"

女老师和校长走到走廊里。

女老师说："这一本书是小学四年级的，可以问一下哪一位同学丢书了，这样应该能找到这本书的学生。"

校长说："如果说这本书是以前的学生的呢？"

女老师说："我看了这本书是今年印刷的，所以是今年的教材，这个不用怀疑。"

校长说："那就叫小学四年级的语文老师过来核对吧。"

女老师说："对的。"

当把小学四年级的语文老师叫过来，也是一位女老师，她没看那本书，就叫道："我们班徐月芳一本语文书丢了，不知道你们说的那一本书是不是她的？"当她看到这本书，还有书里的字体时，她当场确定这本书是徐月芳同学的。女老师说："这本书已经残缺，很显然有人把写有徐月芳名字的页面撕扯掉了。"

校长说："那就把徐月芳同学叫过来。"

过了一会儿，徐月芳过来了。当女老师把那本书递给她时，她很惊喜，说："这是我的书，我在书上有名字的呀。"

女老师对她说："写你名字的页面不见了。"

徐月芳说："怎么可以把我的书随便撕扯呢？"

女老师说："现在能找到它已经可以了。"又问："你回想一下，这一本书是怎样丢的呢？"

徐月芳沉思了一会儿，说："我想不起来怎样丢失的，不过……"她欲言又止。女老师说："你别慌，慢慢地说。"

徐月芳接着说："那天我和小丽在放学回家的路上，遇到了大龙，他翻看了我的书包，好像其他时间这个书包不曾离开过我的视线，但我没有看见他拿我的书，不知道这本书是怎样丢失的。"

可疑人大龙就这样浮出水面了。

这时候民兵营长来到了学校，他还带来了三位民兵，他们手执麻绳，准备捆绑拔瓜苗的人。

民兵营长说："老牛在哪里？"

陆队长说："现在校长和老师们确定这本书不是老牛的，所以这个拔瓜苗的人应该将老牛排除，可能另有他人。"

***

有老师拿来大龙的作业本，然后把那一本书上"老牛"

笔迹相对照，结果就出来了，明显是一个人所写，因为在大龙的作业本上也有"老"和"牛"两个字，现在可以百分之百确定"老牛"两字就是大龙所写。

陆队长说："拔瓜苗的人就是大龙。"

校长说："应该是的。"

民兵营长说："那把大龙叫过来，我来问问他。"

校长说："大龙这位同学平常比较顽皮，但不至于做这样出格的事情啊！"

陆队长说："如果是他，那肯定要找他赔钱，他赔不出来，就找他父母赔钱，这可是我们生产队150号人的血汗钱啊！"

校长说："一切以事实说话，如果真是大龙拔的，你们想对他怎么处理，学校都没什么意见，但如果不是他拔的，也请你们不要伤害到他，毕竟他还只是一个孩子。"

大龙被叫过来了。

几个民兵将他团团围住。

陆队长对他说："是你拔瓜苗的吗？"

大龙瞪了陆队长一眼，说："你说什么？"

陆队长说："你横，我叫你横，如果你老实交代，赔我们瓜苗钱200元，那这事就算过去了。如果你不老实交代，那么等待你的就不是这样简单了。"

大龙怒目而视，说："你们不要围住我，我记得你们的，今天你们对我怎样，明天我就怎样对待你们。"

民兵营长对他说："我们不是与你来玩嘴皮子功夫的，我现在慎重地问你，七队瓜地的瓜苗还有南瓜苗是不是你拔掉的？"

"没有。"说完他紧闭着眼睛。估计他在想对策。

这时，民兵营长拿出了那本书，说："这个书上'老牛'是不是你写的？"

大龙抬开眼睛，看了一眼那本书，说："不是。"说完，他又闭上了眼睛。不过，他脸上的表情开始恐慌起来。

民兵营长又拿出他的一个作业本对他说："请你睁开眼睛好好看看你的作业本，你的字迹和'老牛'两个字都是你写的，你还有什么可以抵赖呢？"

只见他微微地睁开眼睛，说："不是我写的，打死我也不是我写的。"

有民兵上去一把揪着他的胸脯，说："你小子，做了见不得人的事，怎么还怎么神气啊，看来不给你一点颜色看看，你就不知道我们的厉害！"

民兵营长冲他说："你再不交代，就把你捆起来。"

宋·释悟明的《联灯会要·重显禅师》中写到，却顾侍者云："适来有人看方丈么？"侍者云："有。"师云："作贼人心虚。"

大龙听到要把他捆绑押到大队部，他心里害怕了，说："如果我说实话，你们可以放了我吗？"

民兵营长说："我得看你的态度，你知道老实从宽，抗拒从严。"

陆队长说："如果你承认是你拔的瓜苗，那就叫你的父母过来，让他们赔钱，这件事情可以不追究你的责任。"

民兵营长说："现在你还有机会，如果你现在不坦白，你就没有这个机会了，我们就把你捆绑起来，押到大队部，并且通知上级把你押到外地去。"

大龙低头一言不发。

有民兵把麻绳套在了大龙的脖子上，这下他挣扎着，并且发声道："别捆我，我交代。"

陆队长笑笑，说："你早交代早好！"

民兵营长对校长说："你搬一张课桌来，我来做笔录。"

很快一张课桌搬过来了。校长又叫人拿来一把凳子。民兵营长坐在凳子上，大龙站在课桌前面，其他人则将他们团团围住。

民兵营长开始审问了。

大龙交代说，为了陷害老牛，就找一位女同学"借书"，然后在书上写上老牛"两字，这就是为了嫁祸给老牛。

民兵营长问："你这个嫁祸的方法是谁教你的？"

大龙说："我是从《三十六计》学来的,《三十六计》第一计就是瞒天过海。"

女老师插嘴道："大龙啊你读书不好好读,《三十六计》没让你读，你却读得那么精通。"

大龙说："老师你不要在沉船上落石头。"

民兵营长对女老师说："现在不是你教育他的时候，等这件事情处理好后，你再好好地教育他。"

女老师点头道："你说的对，是我多嘴了。"说完，她转身走了。

接着，大龙交代了自己拔瓜苗的经过。

陆队长问道："你知道这些瓜苗多少钱吗？"

大龙摇头。

陆队长生气地说："瓜苗包括人工大概 200 元都不止。你晓得吗？这个 200 元，你的父母亲做一年挣不出这么多钱的，你这样把你父母害惨了。"

这时，校长出面讲话了："大龙同学毕竟只是一个孩子，谁都有犯错的时候，希望大队领导能给他一个改过自新的机会。"

民兵营长说："校长，你教育出这样的学生，就是失职。"

校长一脸尴尬，说："我多说了，毕竟这个事情不是发生在学校，一人做事一人当，那你们对他怎么处理，你们看着办吧。"

有人特地跑到养鸭场通知了大龙的父母，他俩说什么也不相信儿子会做这种偷鸡摸狗的事。

来人说："你们不相信就不相信，反正我把这个事通知到你们了，如果你们去晚了，可能你们的儿子则被捆绑着押走了，至于押到哪里就不知道了。"

王保生和王根妹俩人吓坏了。

他们急急忙忙地跑到学校，还好大龙还在那里，只是他的脖子上已经被套上了麻绳。

王根妹冲了上去，哭啊，骂啊，拍手拍脚的，就像疯婆子一样，可是她被几个民兵按在了地上。民兵营长对她说："如果你这样闹事，一块把你捆起来带走。"

　　王保生也想冲上去，被其他民兵给拦住了。民兵营长对他说："你们养了一个好儿子，熟读《三十六计》，不仅拔光了七队的瓜苗，还想陷害老实人，这样的人现在不管教他，他长大了那得政府管，那得吃官司的，到时候你们后悔，你们跳脚有啥用？"

　　王保生说："麻绳套在脖子上，难道我儿子是死刑犯吗？"

　　民兵营长说："我可不这么看。"

　　王保生说："死刑犯才在脖子上套麻绳。"

　　民兵营长说："你见过死刑犯吗？"

　　王保生说："没有。"

　　民兵营长说："我也没有见过死刑犯，你也没有见过死刑犯，你说死刑犯脖子上套麻绳，你在说梦话吧？你最好滚一边去。"几位民兵伸手将他拉往一边。

　　王保生这才看到王根妹被人踩在地上。他就指着那些民兵说："你们欺负贫下中农，我到公社领导那里告你们去。"

　　有围观的人说，大龙破坏安定团结大好局面，这次拔光七队的瓜苗，这回肯定在他头上戴上一顶"坏分子"的帽子。

　　民兵营长对王保生和王根妹说："你们不问情况，上来就打砸抢的，你们这样做就是加重你们儿子的'罪名'现在我就决定，将大龙全身捆绑，先押到大队部，然后向公社汇报，一定要趁天黑之前，将他押往上级。

王保生和王根妹又是大喊大叫。

这时，本队队长和副队长赶到了。队长和副队长与陆队长都是酒肉朋友，有事无事经常在一块吃肉喝酒的。队长对陆队长说："大龙这事不要往上送了，交给我，我来处理。"

陆队长说："他闯祸大了，让我队损失200多元啊！"

队长说："只要不把他往上面送，这个损失你和我商量一下，总是可以解决的，如果你们把他往上面送了，我看你要他赔偿经济损失有点儿黄……"

# 第三章
# 大龙二三事

大龙被麻绳捆绑着，而王保生和王根妹俩人手舞足蹈，大哭大叫。而这边陆队长和本队队长还在窃窃私语。队长说："这样吧，这个瓜苗钱一分不少的给你，我会让大龙的父母掏钱给你。"

陆队长说："那还得花劳力种植啊！这可是一笔很大的支出。"

队长说："这个不用你队自己种植，我派社员到你队种植，要怎样种，这些社员由你指挥，你看怎样？"

陆队长说："那这些社员的工分谁出？"

队长哈哈一笑，说："当然由我出，不用你付一分工分。"

陆队长说："这样处理是可以的，但便宜了大龙这个小子。"

队长说："我和你是好朋友，你就看在我的面子上，你马上对民兵营长说，放了大龙这个小子，给他一次重新做人的机会吧。"

陆队长说："好吧，我听你的，一言为定。"

队长伸出双手，握住陆队长的手，说："一言为定，谢谢你，谢谢你了！"

于是，陆队长招呼民兵营长，说："营长，刚才我们两个队长私下商量了一下，大龙拔瓜苗这件事情，我们两个队长已经商量好解决办法了，所以，你就把大龙给放了吧，毕竟他还是个未成年的孩子，这样捆绑着他，把他押到上头去，万一上头怪罪下来，这个责任谁也承受不起啊！"

民兵营长说："如果对这种坏人放任不管，以后这样的事情会层出不穷。"

陆队长说："请你无论如何听我一句话，你就放了这个孩子，他以后有啥问题，你以后怎样处理他，我就不管了，但这回一定不要把他往上面送了。"

这时，队长走了过来，他说："这样吧，今天晚上我来请客，请民兵营长、陆队长来喝酒。我来叫人杀两只鸭子，一只红烧鸭子，一只清蒸鸭子，我队饲养的鸭子一直吃蚌肉的，所以鸭肉的味道很鲜美。"

陆队长对队长说："很好，很好，今天我们兄弟一块好好喝酒，喝个痛快。"

民兵营长说："我需要大龙写的一份保证书，才可以不把他往上面送。"

队长说："这个好办，这份保证书，我马上叫他写，你让他怎样写，就让他怎么写。"

民兵营长便对几位民兵说："你们给大龙松绑，让他现场写一份保证书。"

顿时，王保生和王根妹夫妻俩转悲为喜，但见王根妹突然一下子双膝跪在民兵营长面前，一边嗑头，一边激动地说："谢谢营长，我保证让大龙好好做人！"

❧

当天晚上，队长请民兵营长、陆队长，还有副队长在宋会计家喝酒。副队长到养鸭场捉了两只肥鸭子，王保生很主动地对他说："我这里还有好东西呢？"

副队长说："什么好东西？"

王保生说："黄蟮。"

副队长说："你哪儿来的黄蟮？"

王保生说："不是社员们捉了黄蟮卖给生产队的吗？是喂鸭子吃的，我看这一篓黄蟮很大的，所以就先养着，没有喂鸭子。"

副队长说："你让我看看。"

于是，王保生从鸭棚一个角落里搬出一只水缸，说："副队长，你看，这些都是野生黄蟮。"

副队长说："好，你把这些黄蟮全部装在篓子里，你这样做就对了，队长为了大龙在这件事上，真是操了不少心，今晚请民兵营长和陆队长喝酒，这都是为了大龙啊！"

王保生连连点头："我知道，我知道，对了，副队长，我这里有50多个鸭蛋，你也一块拿去，这是我送给你吃的。"

副队长说："好啊，好啊，不过，现在这个鸭蛋我拿不了，明天我找空过来拿吧。"

王保生说："好呀，好呀。"

这时，王根妹出现了，她对副队长说："大哥，用不着明天你来拿的，等天黑了，我给你家送去。"

王保生对她说："副队长在外面喝酒，他不在家啊！"

王根妹嘻嘻一笑，说："你真是个笨蛋，副队长不在家，嫂子不在家吗，嫂子不在家，老人不在家吗？"

副队长也嘻嘻一笑说："就我不在家，嫂子啊，我父母啊，我孩子啊都在家的。"

王根妹说："讲好了，等天黑，我马上给你送去，对了，我这里还有鸡蛋，我也给你送一些去，这些鸡蛋是刚生的，很新鲜的哟。"

副队长说："谢谢，谢谢，我们都是自己人，有福同享，有苦同当，你们说对不对？"

"对对对。"

"对对对。"

王保生和王根妹异口同声地说。

当天夜里，在宋会计家里，队长和陆队长、民兵营长，还有副队长一块大口吃肉，大口喝酒，结果除了副队长没有喝醉外，其他人都喝得酩酊大醉，只是苦了宋会计，叫了几个社员把这些醉汉一一抬到他们的家里……

而王根妹也不食言，见天暗了，便拎着一大篮子鸭蛋、鸡蛋，送到副队长家里。副队长的妻子对王根妹说："好妹妹，现在的人心都坏透了，有人说队长和副队长拿了你们很多东西，这些人都是昧着良心说话啊！"

———————————❧———————————

队长和副队长一顿操作，这 50 元瓜苗钱并没有叫大龙拿出来，很可能就从鸭子买卖的收入中冲抵了，但具体是如何操作的，一时也无从说起，那么此事应该可以告一段落了吧。

且慢。

大龙冒充大牛的名字，他纯粹想陷害老牛，此事终究还是被老牛爸和老牛妈知道了，他们心里非常生气，看见大龙竟然没有受到任何处罚，他们感到愤愤不平。于是，他们找到队长，讨要一个说法。

队长却对他们说："此事已经解决了，至于处理不处理大龙，这不是我队长的权力，而是大队领导决定的，你们不服可以找大队领导去。"

老牛爸说："明白了，那我们找大队领导去。"又说："那天你们几个队长和民兵营长喝酒都喝醉了，这个酒钱都哪里来的，我也会向大队领导举报，好好查一查你们与大龙一家人的勾当。"

"你他妈的，我们几个人一块喝个酒，也要向你汇报吗？你如果敢在大队领导面前提起这件事，那我不是吃素的。除非我不做这个生产队队长，你一家人有的好日子过。"队长凶狠地说。

"你不会一世都做队长的，如果你队长下来，还不如我，我还能去阳澄湖挖河泥，你除了天天喝酒，你能做什么？"老牛爸老实不客气地说。

"我做生产队队长一天，就不会让你一家人有好日子过。"队长开始威胁老牛爸。

"所以，我要把你这个队长拉下马，不能再让你在我们穷人家头上作威作福了。"老牛爸说，他豁出去了，不再惧怕队长平时的蛮横。

两个人正吵得不可开交时，老牛妈来了。虽说老牛妈对队长、副队长包庇大龙很愤怒，但她想到儿子老牛即将初中辍学，想让老牛去学泥瓦匠，那还得通过队长和副队长的点头同意，所以她并不想得罪队长和副队长，总想息事宁人。于是，她上前拉住王保生，说："你给我回去，他们官官相护，我们小老百姓即使有三头六臂，也斗不过他们呀。"

老牛爸冲着她怒吼："你滚开！"

队长对老牛妈说："你男人像搭错神经，我请人喝酒，他说要举报，真是不知道自己天高地厚了！你劝劝他，让他回家，此事闹到大队里，没有我的好处，也不会有你们一家人的好处。"

老牛妈说："我男人是脑子搭错神经了，但个别干部吃队里的鸭子，像吃死人不吐骨头啊！我看这样的人早晚是没有好下场的。"她一边说，一边拉着老牛爸往家走去。

---

如果大龙的阴谋得逞，那么老牛就倒八辈子霉了，队长和副队长肯定也会推波助澜，或是兴风作浪，让老牛吃官司也有可能的，反正让老牛赔款 200 元是少不了的。

偏偏大龙做事不牢靠，结果他是搬起石头砸了自己的脚。

但大龙还不甘心，他一心想让老牛难堪，让老牛出血。那天，他经过老牛家的猪棚，听到了猪哼哼的叫声，他推开猪棚的竹门，两头肉猪在猪圈里上蹿下跳。这时，有一个念头在他脑海里涌现了，去搞一瓶敌敌畏，将这两头肉猪毒死。

他为自己想出这个念头而手舞足蹈起来了。

为了不打草惊蛇，他轻轻地把竹门拉上了。

现在，他要去搞一瓶敌敌畏。当他走到半路，突然又有一个念头出来了，他想不对啊，如果自己去毒死这两头猪，万一又被别人发现是自己干的，那这一回肯定是过不了关，肯定要吃官司，而且，这两头猪价值不小，肯定是要赔偿的。

他否定了毒死两头肉猪的想法。

那么，怎样处置这两头肉猪呢？他一时想不出其他的办法。他一个人坐在河边，这时他突然看见有一头小猪在河边乱蹿，于是他追上去想捉住小猪，不料小猪反应灵敏，一下子逃之夭夭了。

这一头小猪却给了他一个灵感。他拍了拍大腿，说："有了，把两头肉猪赶出猪棚，最好的结果是让它们走失，或者被别人逮去。"

他又来到老牛家的猪棚，看看四周没人，他便钻进了猪棚，将猪栅栏打开，然后打开竹门，将两头肉猪赶了出来。

当他从猪棚里溜出来时，迎面遇见了五保老人老陈。

两头肉猪从猪棚里跑出来，令老陈吓了一跳，他正准备到那地里去叫老牛爸、老牛妈，当他看到大龙从猪棚里走出来时，他这才恍然大悟，原来这两头猪是大龙放出来的啊。

大龙想溜走。

老陈把他叫住："小赤佬，这两头猪是你放出来的啊？"

大龙想，这下真的闯祸了，此事若被这个老头讲出去，那真是吃不了兜着走了。不行，得吓唬他一下，让他闭嘴。于是，他若无其事走到老陈面前，说："你是叫我吗？"

老陈说："你年纪轻轻，不会像我一样是聋子吧？"

大龙说："我问，你，你叫我做啥？"

老陈指指猪棚说："我看见你从猪棚里走出来的，你把人家两头猪放出来做啥呀？"

"你眼睛瞎了吧。"大龙狠狠地骂了一句。接着又说："如果你说这猪是我放出来的，当心你的双眼被我抠出来。"

只一转眼的功夫，两头肉猪就不见了。老陈担心两头肉猪走失，还有担心它们闯祸，所以内心很着急，所以他转过身子，准备去叫老牛爸和老牛妈。

但大龙做贼心虚。他拦住了老陈的去路，说："这事你不管，我就让你走。"

老陈并不害怕，说："你别挡住我。"

"你保证不讲，我马上让路。"大龙说。

"我不讲，总有人看到的。"老陈又指天指地说："天知，地知，你知，我知，你做的事，能瞒过老天的眼吗？"

大龙说："你不要在我面前倚老卖老，我对你讲，今天这事目前来讲，除了你知道，还没有第二个人知道，如果被外面人知道，那么我会对你下手，找一块大石头，把你沉到阳澄湖里。"

老陈气得跺脚，说："你有种，现在就把我沉到阳澄湖里去，今天你把人家的猪放出来，这个事情不讲，我对不起活这一把年纪了。"

大龙突然弯腰捡拾起一块石头，扬了扬说："你敢往前走一步，我就砸断你的腿。"

老陈迟疑了一下，说："你有种砸下来，我被你砸死，你也不会好死的。"

不过，老陈还是担心那个石头砸下来，所以他还是站立原地不动。

大龙走到他面前，说："我可不想砸你，但我求你不要对别人说这个事。"

老陈想，退一步海阔天空，所以他说："如果你把两只猪赶回猪圈，我可以当作没看见。"

大龙笑笑："我不可能赶回猪的，但我最后对你说，如果你把这一件事情告诉任何一个人，那我就找一把石灰，把你的眼睛弄瞎再说，这也是你逼得我走投无路才这样的。"

老陈说："即使我眼睛瞎掉，我也不会放过你，放过你这一个坏人。"

大龙见他软硬不吃，只好自行走开了。而老陈并没有被他吓住，急急忙忙来到田头，找到了老牛爸和老牛妈，对他们说，你们猪棚里两头猪跑到猪棚外头了。

老牛爸问道："两头肉猪怎么会在外头呢？"

老陈说："我亲眼看见是大龙到猪棚里将两头肉猪赶出来的。"

老牛妈心急火燎地对老牛爸说："你不要讲话了，快点儿回家去，两头肉猪被人家捡拾去，那我和你要白做一年了。"

老牛爸和老牛妈连忙向家里跑去，而老陈奔跑的速度显然没有他们快，他远远地落在他们后头。

❧

老牛妈本以为两只肉猪是自己逃出猪圈的，因为老陈的话她并没有听到，而老牛爸虽然是听到老陈话的，他却并没有听清楚。

所以，他俩并不知道是大龙将猪赶出猪棚的，只以为它们是自个儿从猪圈里逃出来的。

当他俩来到猪棚，果然猪圈里两头肉猪都不见了，那排猪栅栏倒在一旁。

老牛爸提了提猪栅栏说："好像是有人放走猪的哇！"

老牛妈说："我看也是的，因为这个猪栅栏没有缺损哇。"

老牛爸说："你说什么人会做这种缺德事？"

这时，老陈也到了猪棚，他一进猪棚就听到了老牛爸的话，所以他接过老牛爸的话茬，说："我亲眼看见大龙从这个猪棚里走出来的，先是两头肉猪蹿了出来。"

"啊，又是这个小杂种做这种缺德事啊！"老牛爸说，他气得跺脚。

"如果猪出了啥情况，一定要找这个小杂种算帐，这回不能便宜他了。"老牛妈说："世界上每天都有死人，像大龙这样的害人精偏偏就不死呢？"

老陈提醒他俩，说："现在不是说东说西的时候，快去寻找那两头肉猪，我看见这两头肉猪往猪棚后面跑的。"

"对的。"

"对的，快点儿去找。"

老牛爸说，老牛妈也跟着说，就这样他们飞快地走出了猪棚。

老牛爸说："你和我要不要分头寻找，我从东往西找，你从西往东找，这样在村庄中间汇合。"

老牛妈说："我和你还是一块寻找吧，因为即使我看见它们了，我一个人也赶不了它们，很可能它们还会从我的眼皮底下逃走的吧。"

老陈70多岁了，加上他有哮喘病，所以他走路很吃力，现在他就坐在猪棚后头一块石头上休息。他想着大龙恐吓自己的话，他已经清楚地认识到了透露这一件事情的严重性。但他想，自己活了这一把年纪，如果为此而丢失生命，那也是没有什么可怕的。

他对自己说，如果这两头猪被找到了，它们在村庄没有造成什么危害，那不说就不说。但反过来两头肉猪不见了，或者说它们在村庄闯祸了，那自己就要非说不可。

过了半个多钟头，老年爸和老牛妈垂头丧气地回来了。

老陈问："猪呢？"

老牛爸说："整个村庄都找遍了，一头肉猪也没见着，真是活见鬼了。"

❦

那两头肉猪去哪里了，老牛爸和老牛妈心里担心不已。他俩已经商量好了，等本生产队社员们歇工，叫大家一块寻找，两只肉猪是死是活，即使掘地三尺也要找到它们。

"我看见大龙从这个猪棚走出来的，是他放走两头肉猪的。"老陈说，说话时他有些气喘吁吁，或许他一焦急，便有点儿气喘了。

这回，老牛爸听明白了。

而老牛妈也听到了。

老牛妈吃惊地问道："老伯，你真看见大龙从猪棚里出来。"

老陈说："我亲眼所见，他还威胁我，他对我说只要透露这件事，就要抠我的眼睛，还要把我用石头绑着沉到阳澄湖里，还要用石灰弄瞎我的眼睛，我已经准备好了，我死就死，但决不能让这种坏人作威作福。"

老牛爸说："这个小子是秃子打雨伞——无（发）法无天，这回我一定要跟他玩命。"

老陈说："你去报告大队，我去作证，一定要让这个小子吃点儿苦头。年轻人不吃苦不上补。"

老牛爸说："好的，我先去找猪。不管肉猪找到，还是找不到，我都要去报告大队领导，因为这小子一直与我家过不去，我真恨不能操起一把铁锹打死他。"

老牛妈伸手拍打了一记老牛爸："你说傻话，你一铁锹打死他，那你脑袋壳要吃一粒子弹的，这个你犯得着吗？"

这时候，队里的社员们陆续都回到了村庄。

老牛爸和老牛妈就等在村口，见一个说一个，他俩说，两头肉猪被大龙从猪圈里放走了，请大家放好农具在村庄四周寻找，真的谢谢大家，谢谢各位乡邻啦。

有社员直接把农具往村口路边一放，就去寻找那两头肉猪了。

众乡亲，有的在村庄找，有的在田头找，有的在河边找，有的在树林里找，该找的地方都找到了，但那两头肉猪的猪毛也没有找到一根。而且天即将暗淡下来，一旦天黑了，那就更难发现肉猪的踪迹了。

有人将老牛家丢猪的事报告了队长，并且告诉队长这两头肉猪是被大龙放走的。队长怒道："你听谁说是大龙放走两头肉猪的呢？"

"是五保房老陈在讲，他亲眼看见，还有大龙威胁，说什么要抠掉他的眼睛啥的。"

"老陈这老棺材眼睛半瞎，他能看清人吗？不行，我得去问他。"队长很生气，说完这句话，他就去找老陈了。

---

五保户老陈住在村庄最西边一间半小屋子里，队里只给

他一间屋子，半间屋子是他自己找来木头，还有砖头和瓦片搭出来的。这是老陈的烧饭间，里面有一个柴灶，平常的柴火就是他到河边去砍的。有时邻居会递给他一个热水瓶，他就给他们烧开水，所以邻居对他都是挺好的。

队长来到老陈的小屋里，他正在柴灶做晚饭，而邻居拿了一个热水瓶与他在吹山海经，聊得十分起劲。

老陈看见队长来，不等队长问话，他就对队长说："大龙这个小子今天闯祸，把人家的两只肉猪给放跑了，看不出来，这个小子心眼挺坏的。"

队长说："我过来就是核实一下这件事，你真的看见大龙从那个猪棚里出来吗？"

老陈说："我年纪活了七八十岁，从来不说谎话，他从猪棚里走出来，我看得清清楚楚。我对他说要报告大队领导，他就恐吓我说要抠掉我的眼睛，要找一块石头沉我在阳澄湖。现在，队长来了，我报告给你，如果我不见了，或者死了，头一个怀疑对象就是大龙。"

队长说："你不要听他瞎说，你也不要在外面瞎说，因为这个不关你的事，你是五保户，照顾好自己的生活就行，至于队里其他人的生活，你不要去管，像今天这个肉猪走失的事情，你就是多管闲事，弄不好你就是老房子着火，到时候火着起来都没办法扑灭。"

老陈说："队长，你这个说话就不对了，什么叫多管闲事，我明明看见大龙从猪棚里出来，我又不是抹着眼睛瞎说。像大龙这样心理阴暗的人，真是我们生产队的隐患，听说你和副队长都对他们一家人关怀倍至，我看到时这个小子出了大事情，上面追究起来，你和副队长都别想脱身，反正我年纪大了，看不到那一天，但我肯定有那一天会到来的。"

队长说："我只说了一句，你却说了一大堆废话，如果你硬要这样说，到时候大龙这小子找你问罪，你别来找我，因为我已经提醒过你了，你不听我的话，那我也没有什么办法。"

老陈说："我真不明白你的话。"

邻居倒是有点儿听不过去了，他对队长说："队长，老陈反复讲他看见大龙从猪棚出来的，最主要的是大龙恐吓他，所以他非常生气，所以你叫他闭嘴，他是不会答应的。"

老陈说："对，我就是这个态度。"

---

老牛回来了，他知道家里的两头肉猪出走了，很是着急。小伙伴林妹也来到了他家，说："老牛，听我妈说，你家的猪是被大龙放走的，我担心你知道了会找他，我想你比他小，你打不过他，所以，我来就是想对你说这一句话。"

老牛对大龙当然咬牙切齿。

他对林妹说："我得先找到两头猪，如果找不到猪了，那我一定会找他算账。"

林妹说："我妈说了，大龙爸妈巴结队长的，队长对他好，所以队长是站在他的立场上，即使你做对了，队长也不会帮助你。"

老牛说："这个我知道，等我长大了，我做队长，如果我做大队长就好了，我就撤销他的队长职务，我就派他去阳澄湖挖黑泥。"

林妹说："我知道，你是一个有志气的人！"

老牛说："我现在想出门寻找两头肉猪，我想它们应该躲藏在哪个角落。"

林妹说："天那么黑了，你上哪儿找呢？"

老牛说："我有手电筒，而且晚上村庄寂静，我能够发现它们的。"

林妹听他这么说，感觉很诧异，说："你怎么发现它们呢？"

老牛说："夜晚村庄开始静下来，我就能够听到猪哼哼的声音，这不我就能找到它们啊！"

林妹嘻嘻一笑："你好聪明啊！"又说："我跟你一块去寻找猪。"

老牛说："好的，你等一下我，我去屋里拿一只手电筒。"

他就跑到屋子里，很快拿了一只手电筒跑出屋子来了，然后对林妹说："你跟我在一起，要不要去对你爸妈说一声，要不然你很晚回去，他们要担心你的啊！"

林妹想了想，说："也行，经过我家门口时，我去对他们说一声。"她又说："我妈一直说你是好孩子，她说大龙不好，应该离他远一点。"

老牛说："你妈说得对，你要离大龙远一点儿，我也要离他远一点儿，道不同不相为谋。"

林妹说："哇，道不同不相为谋，老牛，你真行，知识很丰富啊！"

老牛说："这是我在课外书中读到的，只是下个学期我不能再读书了。"

林妹说："啊，你想辍学。"

老牛说："对的，我爸爸妈妈说家庭经济条件差，要我早点学一门手艺。"

两个人边走边说，边在寻找着那两头肉猪……前面，有一户人家刚死了一个老人，当经过那户人家时，林妹说："我有点儿害怕。"

老牛扬了扬手电筒说："有我在，你别怕，世界上没有鬼的，只有心里有鬼的人！"

在天未黑之前，全队很多社员都在村庄四周寻找那两头猪的，但很神奇，那两头肉猪好像从地球上消失一样了。等天一黑，那些社员就回家去了，他们就停止了寻找……现在，只有两个孩子还在四处寻找，他们就是老牛和林妹。

当他俩经过一片竹林时，老牛手电筒向竹林一照，他眼尖，看到了一对人在竹林里……老牛说："我看到前面有一对人，你看到了吗？"

林妹说："我没看到呀。他们在这里干什么呀？"

老牛说："你不晓得吗？"

林妹说："我又不晓得他们是谁，所以，我不晓得他们在这里干什么呀。"

老牛说："他们在这里谈恋爱。"

林妹说："你是怎么知道的呀？"

老牛说："有时候夜里我会到这个竹林里捉麻雀，所以经常看到有谈恋爱的人坐在这里。这里就是我们村庄的恋爱角。"

林妹说："你长大了会在这里谈恋爱吗？"

老牛说："我不知道和谁谈恋爱呢？"

林妹羞红着脸，只是黑夜看不到她的脸。她说："我知道，你会和谁谈恋爱的。"

老牛微微一笑说："我自己都不知道，你却知道我和谁谈恋爱啊！"

林妹笑道："你和你爱的人谈恋爱啊。"说完，她咯咯咯笑个不停。老牛也笑了，说："我现在年纪还小呢，我想，如果我一事无成，我就不谈恋爱，如果我谈恋爱了，我一定要做出一番事业来，不然我就对不起她！"

林妹说："我得跟着你。"又说："我告诉你一件事，你可不能告诉任何一个人，如果你答应我，我就对你说，如果你不答应，那我就不说了。"

老牛拍胸脯说："我保证守住你的秘密，你说。"

林妹说："有一天，我经过大龙门口，他让我到他家去，我不愿意，他竟然动手拉我，幸好有人经过，他就放开了我，我好害怕。"

老牛说："啊，这个人不安好心啊！"

林妹说："现在我看见他就害怕。"

老牛说："他欺负你，你告诉我，这种人就是欺软怕硬，你越是害怕他，他就越是得寸进尺。"

林妹说："下次他敢对我动手动脚，我就拉破他的脸，与他拼了。"

老牛说："不过，没人的地方最好不要这样，如果在有人的地方可以勇敢一些，我教你一招，他若对你动手动脚，你就伸手抓住他的要害，死命地捏，他就没有还手之力了，哈哈。"

林妹说："这一招，你是从哪儿学来的？"

老牛说："我看武侠小说就学到了这一招功夫！"

竹子里那对恋人看见有人来了，就站了起来，然后走向竹林深处。

老牛说："我们干扰到他们恋爱了。"

林妹说："我想，他们仍然是开心的。"

老牛说："为什么呢？"

林妹说："因为恋爱开心啊！"

老牛笑道："你呀，肯定会早恋。"

林妹说："不会的。"

老牛说："但我提醒你，千万不要和大龙谈恋爱，因为他做过很多坏事，说不定，哪天他就被警察给带走了。"

林妹说："如果全世界就只剩他一个男人，我也不会跟他谈恋爱。"

老牛说："这就好，我放心了。"

林妹说："你这么说，好像你是过来人一样啦。"

老牛说："我可不懂恋爱呵！"

林妹说："你不是出来寻找猪吗？不要光在竹林里找啊，我们到其他地方去找吧。"

老牛说："好的，我们往前走。"

风，吹着竹子，所以竹林里有哗哗的声音。林妹胆子小，就走在老牛前面，不知道什么原因，那个手电筒不亮了，这可让林妹心里紧张起来了。林妹说："你打亮手电筒啊。"

老牛说："手电筒打开着，它却不亮。"

林妹说："没有手电筒，发现不了猪啊。"

老牛说："两头猪是白猪，黑夜里也看得出来。"

林妹吞吞吐吐说："呵，我，我现在……有点儿心慌……"

老牛说："那你回去吧。"

林妹说："我不敢。"

老牛说："我送你回去。"

林妹说："那你呢？"

老牛说："我仍然要寻，如果今天找不到它们，明天更难找到它们了。"

林妹说："那我不回去了。"

老牛说："你爸妈要来找你的。"

林妹说："他们知道我和你在一起，他们放心的。"

老牛说："你爸妈真好！"

林妹说："哪里好？"

老牛说："他们相信你，也相信我，所以让我感动啊！"

林妹说："在我心里，你就是比大龙好！"

老牛说："在我面前，你不要提他，我与他不是一类人，我愿意吃苦，他可是整天游手好闲，如果这次我家两头肉猪找不到，我爸妈肯定要找他赔钱。"

林妹这时才真正发现老牛对大龙十分鄙视，十分厌恶，十分仇恨。

林妹说："假如他不承认是他放走猪呢？"

老牛说："我相信五保户老陈阿爹会站出来的！"

两人在黑暗中边说边走，当他们快要走出这个竹林的时候，突然隐隐约约传出了哼哼的猪叫声，老牛便竖起了耳朵，林妹也竖起了耳朵……

---

循着哼哼的猪叫声音，老牛走过去看到了黑暗里两团白乎乎的东西，但他没有大声叫，怕把它们惊吓到了，他转身

对林妹说："两头肉猪终于找到了。"

哼哼的猪叫声，在竹林里。

"你一个人敢走夜路吗？"老牛说。

"有点害怕。"林妹说。

"其实，就在村庄里走，许多人家还没有睡觉，所以你不用怕。"老牛说。

"你想让我做啥？"

"我想让你到我家通知我爸妈过来。"

"那我现在就去叫你爸妈过来。"

"那你一个人走夜路不怕了吗？"

"我不怕了。"

"你为啥转变那么快呢？"

"因为你给了我力量啊！"

"好，那你就快去快回。"

"嗯。"林妹答应道，老牛从地上捡拾了一根竹子，递给她，说："你拿着，可以打狗。"

林妹接过那一根竹子，说："我有了它，真的不怕走夜路了。"

这时，老牛下意识地打开一下手电筒，不知道什么原因，手电筒竟然又亮了。而林妹已经走出十几米远了，老牛一口气追了上去，说："手电筒给你。"

　　林妹没有推辞，接过手电筒，就向村庄飞跑，就像一只小鸟欢快地在竹林里鸣叫。她一口气跑到老牛家里，只见老牛家里电灯亮着，却没有见一个人。

　　林妹就"叔叔阿姨"叫着。

　　大约三四分钟后，老牛妈出现了，原来她在屋子后面，而老牛爸也在村庄里寻找。林妹说："阿姨，那两头肉猪被我们找到了，它们就在村子西边的竹林里，老牛让我回来通知你们，他在竹林里等我们呐。"

　　老牛妈惊喜万分，连声说："好好好，我叫了老牛爸马上过去，这回可不能让它们再跑了。"

　　可一时也找不到老牛爸，老牛妈可急死了，她额头上的汗都冒出来了，只是黑夜里看不出来而已。林妹在老牛家等了十几分钟，还是没有等到老牛爸。于是，她对老牛妈说："老牛一个人在竹林里，我先过去，不然老牛要等得不耐烦的。"

　　不知道为什么，这回林妹再去村子西边竹林的路上，她一点也不害怕了……

　　老牛爸和社员们都到竹林寻找过，不知何故，他们就是没有发现两只肉猪，或许他们经过竹林的时候，两头肉猪在别的地方吧。

　　林妹走了后，老牛妈内心很是焦急，她在后门口盼望老牛爸回来，十几分钟过去了，老牛爸还是没有回来，于是，老牛妈等不及了，她关上后门准备到村庄里去寻找老牛爸。当她刚关上后门，这时候老牛爸却突然回来了。

　　"哎哟，我等了你半天，你怎么现在才回来？"老牛妈说。

　　"我不是在寻找肉猪吗？"老牛爸说。

　　"肉猪被儿子找到了，在村子西边的竹林里，刚才林妹过来说的，我就在等你回来啊！"老牛妈说。这令老牛爸喜出望外，他说："别的你可以骗我，这个事你可不能骗我。"

　　老牛妈哭笑不得，说："都这个时候了，我骗你干啥？"又说："走，去竹林把肉猪领回来。"

　　"慢着。"老牛爸手一挥说。

　　"你干啥？"老牛妈问，眼睛瞪着他。

　　老牛爸说："我们空手过去，你领回猪吗？"

　　老牛妈说："那找一根木棍，可以把猪赶回来。"

　　老牛爸说："不行，夜里这个猪都走不了。"

　　老牛妈说："那怎么办？"

　　老牛爸说："你找一根扁担，我去猪棚找麻绳，只有一个办法，把猪捆结实了，然后两个人把猪给抬回来。"

146

老牛妈说："那我找扁担，你去找麻绳。"

老牛爸就去猪棚找麻绳了。

老牛爸找到两根麻绳，老牛妈也拿了一根扁担。

老牛爸说："最好去叫你哥哥，一起去抬猪。"

老牛妈说："这么晚了，我哥肯定睡觉了，这个猪我和你抬，我抬得动的。"

老牛爸不无担心地说："可是，家里到竹林比较远，你抬得动吗？"

老牛妈说："如果猪老实不动，半路可以把猪给放下来，可以歇歇的呀。"

老牛爸点头道："你说的也是。"

听到两头肉猪找到了，老牛爸和老牛妈内心有说不出的欣喜，两个人拿着扁担和麻绳急匆匆地赶到了村庄西边的竹林。而在竹林里，老牛的眼睛一直盯着那两头肉猪，一直在等待父母亲快点儿到来。还好，有林妹在，让他焦急的心情有所舒缓。

林妹说："你爸妈还不来，要不要我再去催。"

老牛说："很可能我爸还没有回家，如果我爸一到家，我爸妈肯定会第一时间过来的。"

老牛感到有林妹在身旁，等待的心情也是不那么难熬，不那么焦急，而是令人愉悦的。或许，这就是初恋的萌芽。

　　和你在一起等待，我真的心里不是很急。老牛想对林妹这样说，但他终究没有把这一句话说出来。

　　当老牛爸和老牛妈都来到了竹林里，老牛对林妹说："现在你可以回家了。"

　　林妹说："不。"

　　老牛说："已经很晚了，你不回去，你爸妈就不会睡觉，所以，你现在回家吧。"

　　林妹仍然坚持留下来。

　　当老牛爸和老牛妈在用麻绳捆猪的时候，果然林妹的父母亲也找到了竹林里。他们并没有责怪林妹，而他们看到肉猪找到了，也是非常的开心。

　　林妹的爸爸对林妹说："你和你妈回家吧，我留下来抬猪。"

　　老牛爸和老牛妈对他自是千恩万谢的。捆猪，是一件很不容易的一件事。何况这是两头都有百斤重的肉猪呢？但老牛爸和林妹爸都是捉猪老手，他们很快将一头肉猪四脚捆住了。

　　林妹爸拿过一根扁担，想和老牛爸一起抬猪。老牛妈对林妹爸说："还把另一头猪捆好，你就回家，接下来我们自己可以抬猪的。"

林妹爸说："对的，把另一头肉猪也捆好，不然它受到惊吓，被它跑掉，又不知道它会跑到哪里？"

老牛爸和林妹爸两个大男人，手脚麻利，很快将另一头肉猪捆得严严实实，那两头肉猪被五花大绑，躺倒在地不停地哼哼叫着。

老牛妈叫林妹爸带一家人回去吧，但林妹爸说："好事做到底"，他不将两头肉猪抬到猪圈，决不收兵。也幸好林妹爸来了，老牛爸和林妹爸两个人抬一头猪也是累得直喘气，中途还歇息一下的。因为老话讲的好，百米无轻担啊！

一次，只能抬一头肉猪。所以，两头肉猪，只能分两次抬。当把这两头肉猪都抬到猪圈，时钟已经指向晚上 11 时 30 分了。但老牛爸、老牛妈并不觉得累，而林妹爸、林妹妈内心也感到愉悦的。世界的事就是这样，付出就是一种最真挚的幸福和快乐！

这天夜里，老牛和林妹分别的时候，真的是有点儿恋恋不舍了。

老牛说："今天让你跟着我受累了，让我怎样谢你呢？"

林妹说："如果说要谢，我要谢谢你。"

老牛说："啊，你怎么要谢我呢？"

"因为，因为你教了我对付坏人的一个方法，我记住了。"
林妹嘻嘻一笑。老牛一愣，他想了半天才想起来，原来老牛
对林妹说过这么一句话：你不要怕大龙，如果他敢动手，你
就伸手攻击他的要害……

既然两头肉猪都找到了，老牛爸想息事宁人，但老牛妈
不答应，她对老牛爸说："大龙这小子太可恶了，他今天放走
我们的猪，如果我们不追究他的责任，明天他可能来加害我
家的人，我想找大队领导一定要严肃处理这个坏人。"

老牛爸说："你又不能确定一定是大龙将猪放出来的
呢？"

老牛妈说："五保户老陈可以作证，他亲眼看见大龙从我
家猪棚走出来的。"

老牛爸说："所以，那问题就来了，我们要到大队领导那
里告状，那就得牵扯上老陈了，你看他上了年纪，实在受不
起惊吓了，恐怕我们会对不起他老人家啊！你说是不是？"

老牛妈说："上次，大龙拔瓜苗，他想陷害老牛，结果是
他失算了，他失了夫人赔了兵，我后悔上次没有盯着大队领
导，没有让他受到应有的惩罚，这回我不想放过他。"

150

老牛爸说："那我们听听儿子是什么态度？"

老牛妈说："这个可以的。"

老牛向来嫉恶如仇，他对父母说："他放走我们的猪，这是他的错。如果我们放走这次处罚他的机会，那就是我们的错。如果你们不去大队领导那里告状，那我就自己单独采取行动。"

老牛爸和老牛妈听到儿子说要"单独采取行动"就像热锅上的蚂蚁——坐立不安。

老牛妈问老牛："你想怎样？"

老牛说："他们猪棚里也有猪，我也去把他们家的猪放走。"

老牛爸说："你把他们家的猪放走，他们第一个会怀疑你。"

老牛说："我不怕，因为他可以放走我家的猪，你们领导不管，而我放走他家的猪，你们也不应该管我呀！"

老牛爸说："他家有后台。"

老牛妈说："他家的后台就是队长和副队长，不过我想，大队书记和大队长不一定就是他家的后台，所以去大队领导那里告状也有我们告赢的可能。"

老牛爸对老牛说："别相信你妈说的话，历朝历代都是官官相护，队长和副队长欺压我们，大队书记和大队长还不是护着他们，能为我们老百姓说话吗？"

老牛妈对老牛爸说："你不要这样自欺欺人了，今天我们不去告大龙的状，明天儿子就要去'单独行动'，这不是把儿子往火坑里推吗？所以我思来想去，还是要找大队领导告状去。"

---

"哪一个人看见是大龙放走猪的，这个人要站出来说话。"大队长说。

"五保户老陈亲眼所见。"老牛爸说。

"只要他愿意作证，这个事情我们可以找大龙的父母说话，因为他们没有教育好自己的孩子，可以让他们赔偿你相应的损失。"大队长说。又说："你们有什么损失吗？"

老牛爸说："还好，没啥损失，就是两头肉猪受到了惊吓，可能要落瘦，可能十几天白喂养了，当然这个也不一定。"

大队长说："那你来大队部告状有啥目的呢？"

老牛爸说："因为大龙这小子三番五次地陷害我的儿子老牛，估计这次放走猪也是针对我儿子吧，所以我最为担心的是我儿子的安危，说不定他一直在打我儿子的主意，所以恳请大队领导能够处罚大龙这个小子，让他以后不要做这种违法乱纪的事情。"

大队长说："如果他真的触犯了法律，那真会受到法律制裁，那也不归我们大队管了。"

老牛爸说："像大龙这样的人，现在不教育好，真的像一颗定时炸弹，说不准某一天就突然爆炸了。"

大队长："这样吧，我看民兵营长在不在，如果他在，我叫他去找五保户老陈摸摸情况，然后看这个事情怎么解决吧。"

大队长来到民兵营长办公室，看见他了，指着身后的老牛爸，说："王大龙把他家两头肉猪赶出了猪圈，听他讲五保户老陈看见的，你就找老陈去，问清情况，如果真是这样，这不是小事，这是破坏农村安定团结大好局面，所以必须对大龙严肃处理。"

民兵营长说："我手头有些事情要处理，能否下午去呢？"

大队长说："现在就去吧，五保户老陈下午要到街上茶馆听书的，你下午去不一定找得着他。"原来，大队长对五保户老陈的情况了如指掌。

就这样，民兵营长跟着老牛爸来到了七队，并且找到了五保户老陈。虽说队长和副队长都警告老陈不要出来作证，但老陈并不买账，他还是对民兵营长实话实说了。

民兵营长对大龙这小子也没什么好感，所以他对老牛爸说："情况我已经摸清了，我会向大队长如实汇报，如果大队长一声令下，我会将王大龙捆到大队部，这次我不会放过他，一定要收收他的骨头了（收收他的骨头，苏州话就是治治他）。"

❧

王根妹得知五保户老陈站出来作证了，她气急败坏，赶到老陈家里，当面谩骂他。她指着老陈的鼻子骂道："你知道，你为啥会绝子孙，就是你的良心被狗吃掉了。你以为你是五保户，是集体养你的吗？你眼睛瞎了，我和保生也是集体的一员，也是我们养你的，我们当佛一样供你，而你呢？一个吃里扒外的东西，一个吃死人不吐骨头的老东西。如果我儿子这次受到处理，我拉你到河里一块死。"

老陈实在不想听她的话，叫她走到屋子外面去，这个女人却拿起一把扫帚，在老陈面前乱舞。老陈实在是忍无可忍，拿起一把菜刀要跟她拼命，她这才逃到门外。

更为恶劣的是，这个女人抓了一把泥土撒向老陈的灶间，刚好老陈烧好一锅子粥，那锅盖开着，那些泥都撒到那一锅粥里了。

这个女人刚走，大龙又来了。他拿着一根棍子，直接来到老陈的灶间，将一口柴灶砸得支离破碎。

"你砸我的锅，就是要我的命，今天我与你拼了这一条老命。"老陈挥舞着一把菜刀，但大龙手上有木棍，所以，他无法近前。

"你这个老贼，今天我对你还算客气，如果你嘴巴还不清楚，明天我直接把你的床铺扔到河里。"大龙凶狠地说。

"我死了，也不会放过你。我做鬼，也要咬死你。"老陈也发狠地说。

这时，邻居们纷纷围拢了过来。

有的人斥责大龙，你怎么可以砸毁老陈的柴灶呢，没了柴灶，你叫他以后怎么生活呢？

大龙看到围起来的人越来越多，就灰溜溜地走了。

老陈一屁股坐在地上哭个不停。

这时，有人叫来了队长和副队长。谁料到，队长和副队长一点也没有怪罪大龙的意思，反倒怪罪起老陈来了。你听，他们是这样对老陈说话的。

队长说："老陈啊，我关照过你，这种事情你不要管，你多吃饭就行，你偏偏不听我的话，现在被人把柴灶砸了吧，现在你哭有啥用？这苦头还不是你自己找的。"

副队长说："队长说得对，我也想对你说，你嘴巴痒，人家手痒，你想为什么大龙不砸人家的柴灶，偏偏砸了你的柴灶呢？你年纪活了一大把，难道这个道理，你都不懂吗？你想，你是不是年纪活在狗身上啊！"

听队长和副队长数落自己，老陈哭得泣不成声。他忽然站立起来，走到屋子里，拿了一点东西，然后走出门来，向一条小路走去……

---

老陈就想离家出走。队长见此，对副队长说："你去拦住他，不要让他走掉。"

于是，副队长追上去，拦在他的面前，说："你想到哪里去。"

"不要你管，让我去死。"老陈说。

"你要死也要好好死，你这样死不是害人吗？"副队长仍然一脸蛮横。

"有一条恶狗咬我一口，而你们不打狗，却责骂我，天下没有这样的道理。"老陈愤愤地说。

这时候，邻居们都围了过来，大家一齐劝说老陈，不要离家出走，还是回家吧。

老陈哭丧着脸说："那个柴灶都没了，你叫我怎样做饭。"

有人就对副队长说，大龙砸毁这个柴灶是不对的，应该让他重新砌好柴灶，总之要让老人自己在家可以做饭吃，而且这是当务之急的事，今天就得把柴灶砌起来。

副队长苦笑着说："你们也知道大龙这个人，我现在让他把这一个柴灶砌好，他肯定不会干，说不定他火起来，把我家的柴灶也给砸了呢？"

有社员听不下去他的话，对他说："副队长，你和王保生、王根妹不是穿一条裤子的吗？大龙砸别人家的柴灶，这个难说的，但他砸你家的柴灶，那我是绝对不会相信的。"

副队长瞪着眼睛对他说："你有毛病吗？我和王保生、王根妹穿一条裤子，你咋不说我和你老婆穿一条裤子呢？"

那社员火了，想冲上去揍副队长，结果被众邻居拉住了。

这时候，队长也走了过来。

队长对老陈说："你哭啥呢？又没死掉人，不就是一个柴灶吗？你今天不可以做饭，你不可以在场上搭一个简易石灶吗？我看你捉了野兔子，在野外就搭过这种石灶的，你以为我不知道吗？"

老陈说："我现在没有其他要求，你就叫人修好我的柴灶。"

队长说："我现在叫人找泥瓦匠去，不看在你五保户的份上，我真不想为你操心，为你做事，但我还得对你说一句话，以后生产队里的事，你不要管，你只管每天吃三碗饭，如果你这样还有人来找你的事，你可以来找我，我保证让他们在你面前叫你大爷。如果你不听我的话，你就得做孙子，那你也不要怪我了。"

副队长附和道："老陈啊，你可以不听我的话，但队长的话你还是要听的，所以我劝你现在就回家去，你老老实实地待在家里，队长说今天给你砌柴灶，如果你不在家，怎么给你砌柴灶呢？总之，你要顾全大局，不能自私自利，不要动辄就哭叫爹娘，不要动辄就离家出走。"

队长和副队长找到大队长，对大队长说，大龙的事情已经批评教育了，如果把他往上面送，对大队的形象也不好，这才是影响农村安定团结的大好局面。

大队长说："大龙这小子一而再，再而三地搞破坏，说严重一点，他就是新生的阶级敌人，对这样的敌人露头就要打。"

队长说："他不是敌人，他只是一个孩子，他只是感觉好玩，我觉得要给他重新做人的机会，不能一棍子把他打死。"

在队长和副队长的劝说下，大队长表示这事可以不追究，但你们两位队长要写一个保证书，保证王大龙"下不为例"，如果屡教不改，下次新账老账一块清算。

队长双手一摊说："我不识字，不会写。"

副队长哎叹一声："我也不识字啊。"

大队长说："你俩都是饭桶，自己名字会写吗？"

"自己名字会写的。"队长说。

"我不会写，但认得出自己的名字。"副队长说。

"那你俩结婚领过结婚证吗？"大队长问道。

"没有。"

"没有。"

队长、副队长说。

"不跟你们扯远了，那我叫民兵营长过来，让他代写一份保证书，你俩签个名，不会签名的按个手印总会吧。"大队长说，他转身去叫民兵营长了。

队长对副队长说："大龙这小子以后再犯错误，那我们怎么办？"

副队长说："这份保证书真不能签字。"

队长说："不签名就要惩治大龙这个人的，还是闭闭眼睛签名吧。"

副队长说："哎，也只能如此了。"

大队长回到了办公室，紧跟着民兵营长也来了。民兵营长说："这个保证书，我可以代写，但你们真能保证大龙这小子安分守己吗？"

队长说："老实说，我们保证不了。"

副队长说："太湖萝卜吃一段，汰一段，如果以后他又闹事，那我和队长也不会为他抛头露面了。"

民兵营长说："那好，我来写。"

他一边问，一边写着，大约半个小时后，才把这份"保证书"写好。

"保证书"内容如下：

> 最近，我队社员子女王大龙屡次做了对不起社员同志们的事情，我们两位队长教育不好，接受大队长的批评，以后如果他再犯类似错误，我们不再向大队长求情，相反要求大队长对其严肃处理，决不姑息……

---

大龙把五保户老陈的柴灶砸毁了，最后，队长叫来两位泥瓦匠重新砌了一个柴灶，那个泥瓦匠的工钱却是生产队集体支付的，大龙是一毛不拔。尽管如此，大龙却并没有放过老陈，因为老陈说了公道话，他给民兵营长作证，亲眼所见

大龙放走了老牛家的两头肉猪，所以，大龙对老陈一直怀恨在心，再次想伺机报复。

那天夜里，大龙提了一头死小猪，悄悄地来到了老陈的小屋背后，这时已是半夜时分了，老陈已经睡着了，因为屋子里电灯泡不亮了。他轻轻地拉开了一扇木窗，然后将那头死小猪掷进了小屋里。

然后，他又在背后转了一圈，看看屋子里有没有动静，显然老陈并没有发现他。

一直等到老陈一觉醒来，他感觉屋子里恶臭阵阵，他最初以为是从窗户里飘进来的味道，所以他起身想把窗户拉上，却突然发现地上躺着一只小动物，仔细一看是一头死小猪，那恶臭的味道一下子让他呕吐起来。

他脑袋嗡地一下，险些晕倒在地。

不行，得把那死东西拖到门外，实在是太恶心了。于是他打开房门，把那头死小猪拖到了河边，而没有把它甩到河里，因为他要留着这个证据，把这个恶作剧的人揪出来。

"准是大龙来捉弄我，不行，我得找队长去，把大龙叫起来，"老陈想。当时，天还没亮，他就去敲打队长家的门，队长拉开一点门叫道："你是不是发神经病了，半夜三更来敲啥门？"

老陈说："队长，有人往我的屋子里丢了头死小猪，味道恶臭得不得了，你跟我去看看。"

队长说："我现在还要睡觉，你给我走开。"

老陈说："队长啊，你不起床，我就在门外不走了。"

队长的妻子说："老陈啊，你是五保户，夜里不睡觉无所谓，我和队长可是白天要出工干活的，夜里不睡觉好怎么干活呢？这样吧，等天亮我就叫队长过去。"

老陈对她说："你叫队长起来，我的屋子里出了这样大的事情，你这做队长的怎么可以袖手旁观呢？"又说："我求你了，快起床，如果你不跟我走，等你天亮来看我，你就会看到一个死人了。"

队长以为他是随便说说的，并未引起重视。他说："你现在在这里大吵大闹，我告诉你，天亮后我也不会去你屋子里看啥死小猪的。有些事情你不要搞清楚，糊涂一点为好，你自己把那头死猪给拖走，这不是一点问题也没有了吗？"

❧

老陈在队长家门外哭天抢地，队长却置若罔闻，他就是不起床。老陈便哭哭啼啼地回到家里，他一口恶气实在是咽不下去，于是找出一根麻绳，将这一根麻绳系在梁上，准备上吊自尽。

　　在上吊之前，他想自己身边有几十块钱，这个钱不能被队长和副队长他们拿去了，所以他将这些纸币丢在屋子地上，准备点火烧毁。

　　老牛上学经过那里，他习惯望一望那一间半小屋。因为平常日子里，他对老陈也是颇为关心，经常替他去代销店买日常用品，老陈要给他跑腿钱，而老牛从来没有要过他一分跑腿钱。

　　此时，老牛经过那个小屋，感到有些异常，因为他听到了隐隐约约的哭声。他竖起耳朵静静地一听，这个哭声就是从小屋子里传出来的。

　　是不是老陈生病了呢？

　　他就向小屋飞奔过去，而小屋的门半开着。他推开门一看，老陈正用火柴要点燃地上那个纸币。老牛走上前去，说："老伯，你怎么想烧钱呢？"

　　老陈见是老牛，平常他很喜欢这个孩子的，他像见到亲人一样哭泣说："孩子，我要死了，有个人把一头死小猪丢在我的屋子里，我刚才去叫队长，叫了半天，可他就是不起床，我就不想活了，活一天就被别人嫌弃一天，这个活着越来越没有意思了。"

　　老牛把地上的钱捡拾起来，说："老伯，你怎么不想活呢？那些人越是对你这样，你越是要坚强地活着，好好地活给他们看，最好活到 100 岁，这样你不是也让他们心里不舒服吗？"

老陈说："孩子，在这个世界上，只有你对我最好，那这些钱你就拿好，然后你就上学去，我要关上门了。"

老牛知道他还是想寻短见，他抬头就看见了梁上垂下的一根麻绳，原来老陈是想上吊自尽啊。那可不行，自己一定不能走，哪怕读书迟到也不在乎了。

老陈要老牛尽快走，可是老牛就是不走。他在等着天亮，等待邻居们经过这里，只有这样，才能阻止这一场人间悲剧的发生。

如果换成了别人，老陈早就要怒发冲冠了，但面前是一个机智又可爱的小男孩。所以，他不忍心对他语言凶恶，只好一再地说，你快走吧，你快走吧，我的事情你管不了，我也不要你管……而且他要老牛把那些钱全部带走。

---

老陈使劲催促老牛快走，但老牛不想走，因为他在想，如果自己一走，老陈真的有可能上吊自杀。这时，村子里开始热闹起来了，一些社员陆续起床，准备出工了，放水牛老王出工比较早，他拿了一把铁锹经过老陈的小屋门口，看见

屋子里灯光亮着，还有人的声音，便揣着一颗好奇心向屋子里张望了一下。

而老牛也看到了他。

老牛便对他说："大叔，老陈大伯他要上吊。"

这下，老王可急了，他对老陈说："你为啥要上吊？人家得了重病，还要找医生千方百计地治疗，你身体蛮好却为什么要上吊，为什么要结束自己的生命呢？"

老陈便把有人把一只死小猪丢弃在屋子里，自己又如何去找队长，而队长却对此置之不理，这个经过讲给老王听，老王听了对老陈说："队长不肯来，你要知道这个人，这个人就是这样的脾气，对人民群众漠不关心，而并不是对你这个五保户这样的态度，那么你何必跟他计较呢？我看，你与他计较是可以的，那就是要好好活着，该吃就要吃，该与坏人斗争就要斗争，他们不让你过舒服日子，你也可以不让他们过舒服日子。"

老王一席话说得老陈茅塞顿开，他当即表示自己不寻死了，要好好活着。

老陈对老牛说："孩子，你放心上学去吧，我不会上吊了。"

老牛却仍然不放心。他对老王说："你在这里等一下，我去叫我爸和我妈过来。"

老王当然理解他的意思，所以对他说："好的，你快去快回，我在这里等着。"

老牛把老陈想上吊这件事对父母亲说了，老牛爸和老牛妈正在喝粥，连忙放下饭碗就跑了过来，老王看到他们说："我要去田头放水了，晚了大家出工不好干活的。"

老牛爸说："你走吧，这里有我们了。"又说："对了，你找到队长，可以跟他说一声。"

老陈一听队长两字就破口大骂："不要他来，我看见他心里就不舒服，就想上吊死了算了。"他又对老牛爸、老牛妈说："队长和副队长都不是人，他们和大龙一家人都是穿一条裤子的，大龙把你们家的猪放走，我作证了，队长和副队长就对我大发脾气。由此可见，他们都不是好东西，所以，你们得提防一点他们。"

老牛爸说："这个我知道。"

老牛说："君子报仇，十年不晚。"

❧

老牛爸早想让老牛辍学，他想让儿子学会一门手艺，因为他晓得一句老话：荒年饿不死手艺人。通俗地讲，当你掌握了一门手艺，何时何地也不愁什么吃饭问题了。

不料意外出现了。

老牛妈得了肝炎，不能干重活，而且需要治疗，让一家人的生活更加困难。老牛爸本来想让老牛读完初中，但家庭经济条件不允许了。而老牛看到父母为家里的经济忧心忡忡，他心里也不好受。于是，他对父母说，不想读书了，现在就想退学。老牛爸说："你读书也考不上大学，考不上大学这个书就白读了，不如去学个木匠，或者泥瓦匠吧。"

老牛说："我喜欢砌房子。"

老牛爸说："那你就去学泥瓦匠。"

就这样，老牛辍学了。为此老师特地到他家去家访，老师劝说："没有多少日子，老牛就要初中毕业了，再坚持一下，到老牛初中毕业后，再考虑让他去学泥瓦匠。"

老牛爸说："主要是他妈有病，需要常年吃药，一年要花掉好多钱，家里也没有余钱供孩子读书，所以，想让他早点儿学会泥瓦匠手艺，早点儿挣钱。"

老师说："如果你家庭真有困难，可以向学校申请，我们学校可以考虑免除学费。"

老牛爸说："现在我替老牛已经物色好泥瓦匠师傅了，一般要两年学徒期，就是两年不给工资，他只要我儿子一年学徒期，一年后就支付我儿子工资了，所以这是一个难得的机会。"

老牛爸支走了老师，以为儿子学泥瓦匠该是一帆风顺的吧，却不料在队长和副队长那儿就卡壳了。队长对他说："一是老牛年纪还小，不可能让他学泥瓦匠，二是像老牛这般年纪的，生产队有七八个，如果大家都要出去学木匠、泥瓦匠，那么生产队的 150 亩耕地谁来种呢？"

老牛爸说："本来我也不想让儿子学泥瓦匠的，但家属得了这个肝炎，需要很多钱治病，所以，我就想让儿子早点儿学会手艺，早点儿挣钱。"

队长冷冷地说："都像你一家人，我这个生产队还搞得好吗？你家属干不了重活，现在儿子还想学泥瓦匠，我看你脑子里就是只有自私自利的思想，一点没有大公无私的主人翁精神。"

老牛爸为了能让老牛学泥瓦匠，所以队长面前说话也是小心翼翼的，怕某句话说得不对而得罪于他，那真的就是前功尽弃了。

———————❧———————

有人会问，老牛想学泥瓦匠，不是可以去直接找大队书记或者大队长吗？是的，老牛爸去找过大队长几次，大队长说像学手艺，是由本人申请，生产队推荐，然后大队才研究是否同意。这是一套程序，因为很多年轻人都想学手艺，这也是为了控制学手艺人数而采取的措施，看上去这是比较公平的。

现在，老牛已经辍学，泥瓦匠轮不上学，只好跟着大人们下地干活。那天，队长分配老牛挖水沟。老牛爸说："孩子手嫩，力气小，挖不动水沟的。"

队长说："那叫他挖河泥可以吗？"

老牛爸说："他才十五六岁，拉不动泥网的。"

队长说："挖水沟不行，挖河泥不行，你说他干什么行？"

老牛爸说："晒场上不是需要人吗？"

队长说："那是女人干的活儿。如果你儿子想去晒场做，那是可以的，工分就得女人工分。"

老牛爸说："就让他得女人工分也行。"

不料，队长讥笑道："这样吧，叫你儿子去变性，做个女人就可以名正言顺到晒场做了。"

老牛爸怒火中烧，说："你说话还像一个人吗？"

队长看他发火了，尴尬地一笑，说："不要说什么废话了，叫你儿子马上去挖水沟，如果他不愿意，那就在家睡觉，生产队没有什么活儿可以让他干。"

俗话说，胳膊扭不过大腿。

像老牛爸这样一个老实本分的人与队长较劲，肯定是败下阵来的。而老牛爸自己知道不是队长的对手，所以队长不允许老牛学泥瓦匠，老牛爸也只能唉声叹气，对此一点办法也没有……

老牛只好扛着一把铁锹去挖水沟。

队长安排每人一天挖 3 条长水沟，言明挖好水沟可以歇工回家，如果挖不好，开夜工也要挖的，不然扣工分，不是扣不完成水沟的工分，而是一天的工分都扣没了。

老牛是第一次挖水沟，他劳累了一天，只挖好了 2 条水沟，还有 1 条他实在挖不动了，因为他的手上都磨出了血泡，他摸到铁锹柄就感觉手掌天刺心一样的疼痛。

宋会计来测量水沟了，他看见老牛还有一条水沟没有完成，便问道："还有一条水沟，你晚上挖吗？"

老牛伸出手掌给他看："我手掌里都是血泡，实在是挖不动了。"

宋会计说："那今天你的工分是零分。"

老牛不解："我不是挖了两条水沟吗？"

宋会计说："你还有一条水沟没有完成，所以不得 1 分工分，这不是针对你一个人的，这是生产队定的规矩，我也没有啥办法，只能是公事公办。"

第二天，队长仍是安排老牛去挖水沟。老牛对队长说："我一手的血泡，等我血泡没了，再安排我挖水沟也行。"

队长说："你是队长，还是我是队长？"

老牛说："当然你是队长。"

队长说："既然你承认我是队长，那你怎么安排我的工作呢？"

老牛说："我没有呀。"

队长说："你一手血泡，就不想挖水沟了，你是什么思想。我想对你说，你去问问那些挖水沟的人，哪一个挖水沟不是从手掌布满血泡过来的呢？"

老牛爸心疼自己家孩子。

他说："小孩子手上的确都是血泡，你让他挖水沟，他肯定挖不了。这样吧，就安排他跟我罱河泥吧，让我家属跟其他妇女做一样的活。"

队长说："罱河泥不是也要用手摇船吗？"

老牛爸说："摇船总比挖水沟活儿轻一些。"

队长说什么也不同意。

他说："如果我同意老牛不挖水沟，那么其他人也跟着不愿意挖水沟，那叫我怎么办呢？"

老牛爸说："他们挖水沟习惯了，习惯了干活也就不累了。等老牛手上血泡没了，你安排他挖水沟，我就没有意见。"

老牛爸磨破了嘴皮，说了好多求情的话，但队长仍然无动于衷。

老牛只好扛着铁锹又去田地里挖水沟了。他想，昨天挖了两条水沟，结果一分工分也没得着，今天手上疼痛，那挖的水沟会更少，反正一天工分一分也没有的，那自己就做做样子挖水沟吧。

下午3时许，老牛正在田头挖水沟，抬头看见有一个男人在田埂上狂奔，而且他还在大声喊叫。老牛再仔细一看，这个男人背后有一只大黑狗正在追赶着他。

其他挖水沟的农民都站在原地不动。

只有老牛扛着铁锹冲了过去。

他看见那只大黑狗迎面扑来，就扬起手中的铁锹砸了下去，那只大黑狗被打懵了，最后灰溜溜地走了。

老牛救下了那个男人。

此刻，那个男人往回走，走到老牛跟前，伸出双手握住老牛的手，说："小同志，谢谢你，你是我的救命恩人啊！"

老牛说："这是我应该做的。"

男人发现老牛手上都是血泡，很惊异地说："你的手受伤这样厉害，怎么还在地里劳动呢？"

老牛说："昨天我挖水沟一天，长出一手血泡，可队长铁石心肠，今天还是安排我挖水沟。"

男人说："小同志，我来对你们队长说。"

---

眼前的男人40多岁，穿着一身灰色中山装，面孔黝黑，说话带一点儿普通话腔调，当他说要见队长时，老牛却连连摆手。他说："队长对我不好，对他说了，更会安排我做吃力的活儿。"

老牛并不知道眼前人是谁。

说来也巧，这时队长来了，队长也不认识眼前这个男人。他看见老牛不在挖水沟，却与陌生男人吹牛聊天，他很是生气。没说话，从老牛手里抢过那一把铁锹丢在地里，说："谁叫你不挖水沟？年轻轻轻，倒是学会干活偷懒了啊！"

眼前的男人并不说话，他倒要看看事情怎么进展的。

老牛说："我刚才在挖水沟，这位同志被一只大黑狗追赶，我看见后追上了那只大黑狗，打了它一铁锹，那一只大黑狗被我给吓退了。"

队长说："关你什么事，你这不是多管闲事吗？"

那男人实在听不下去了，对队长说："听你口气，好像你是队长？"

队长说："没你的事，你走开。"

那男人说："如果我不走呢？"

队长说："你不走，我就叫那只大黑狗回来。"

那男人说："你想让黑狗咬我吗？"

队长说："咬你算轻的，你胆敢在我的地盘上乱说话，我叫你竖着过来，横着出去，你信不信？"

两个人开始斗嘴起来。

老牛轻声地对那男人说："他是我们队长，我的事你不用管，他不能拿我怎样的。你快点儿走吧。"

那男人对老牛说："不用怕他。"然后，他理了理中山装，十分严肃地对队长说："你知道我是谁吗？"

队长打量了他一下，看他穿着朴素，又是黑面孔，一副农民打扮，所以并不把他放在眼里。

队长轻蔑地说："我对你说过了，在我这块地盘上，我说了算，如果你想怎样，我招呼一声，大伙儿就都过来，把你的衣服全扒掉，让你做一只光毛猪，你信不信？"

队长连续说了两次"你信不信"。

那男人临危不惧，说："我就不信，你能把我怎样？"

这下，老牛可急了，对那男人说："你走吧，我们队长什么事都做得出来，好汉不吃当面亏。"

那男人对老牛说："今天我倒是要领教一下这个队长的势力喽！"

那男人话语中已经提醒队长了，可能来历不简单，但队长真是利令智昏，不知道脑子被驴子踩着了没有，竟然大手一挥叫道："你们都过来，你们都过来。"

话说这一群挖水沟人中有一位退伍军人，他退伍时见过眼前这个男人，就感觉面熟，只是一时没有想起来他是谁。

队长对那男人说："你还想不想活？"

那男人嘿嘿一笑说："你想怎样？"

队长说："现在我给你两条出路，一条出路，你学一声狗叫，我让你走；第二条出路，就是你把自己的衣服自个儿脱光了，你可以自己走，但看在人道主义份上，我给你留一个短裤，你明白我的话了吗？"

那男人说："我是堂堂正正的一个男人，你让我学一声狗叫，你这不是侮辱我的人格吗？"

队长说："你这样的人还有人格，你不要敬酒不吃吃罚酒，如果你不学狗叫，不自个儿脱光衣服，那我们就不客气了，我给你 3 分钟的时间。"

这时，那位退伍军人感觉那男人十分面熟，于是对队长说："他好像我见过，都是自己人，就让他走吧。"

不料，队长竟然勃然大怒，指着他的鼻子骂道："他不愿意狗叫，那你给他叫一声狗叫啊！"

退伍军人说："我只是提醒你，不要误伤了自己人，这样到时都下不了台。"

队长说："你是退伍军人，我看你是一个懦夫，你给我滚远一点儿。"

这下退伍军人情绪激动起来了，他冲着队长说："队长，我真是受够你了，人家从我们生产队走过，你把他视作敌人，我看你才是目无法纪，我现在就到公社去揭发你。"

队长撕扯老牛手中的铁锹，说："你这不要脸的东西，你欠揍揍啊，那今天我揍死你，宁愿明天我这个队长被撤职。"

老牛死死地拉住那把铁锹。

这时，那男人对着在场的社员同志们说："各位同志们，我是苇荡公社革委会主任张为民，绰号黑面孔，现在我代表苇荡公社革委会就地撤销这个队长的职务，关于他其他的问题，责成你们大队对他严肃处理。像这样的人能做队长吗？"

刚才神气活现的队长顿时就像一只泄了气的皮球，呆若木鸡地站在原地。

这时，周围的人群立即拍起手掌，大家在田头欢呼起来。

老牛不敢相信眼前发生的事是真的。

他激动得热泪盈眶，说："这不是我做梦吧。"

张为民主任拉着他的手说："你是我的救命恩人，我找你们大队书记和大队长去，你年纪这么小，让他们给你安排力所能及的工作，这样你满意吗？"

老牛开心地笑了。

❦

实际上，队长才是一个欺软怕硬的家伙。当他得知眼前的男人是公社革委会主任张为民时，他已经头脑发昏，双脚不听使唤了。当听到他被就地免职，竟然呜呜哭了起来。

张为民主任对退伍军人和老牛说："你们跟我走，现在就去大队部。"

队长竟然一下子双膝跪地，说："主任，主任，是我错了，我有眼不识泰山，你再给我一个机会吧，下次我再也不敢了。"

张为民主任说："你不是让我叫一声狗叫离开吗？"

队长哭泣着说："大人不计小人过，我来学狗叫，我来学狗叫。"说完，他学了几声狗叫。他像一只落水狗，此等模样惹得周围的社员们哈哈大笑起来。

张为民主任带着退伍军人和老牛向大队部走去。

这时，队长瘫坐在地上，竟然没有一个人去搀扶他。

有人说，队长已经被撤职了，刚才张为民主任说了，还要清算他其他的问题，看来这次他要吃苦头了。

有人说，队长骄横跋扈，欺压百姓，现在终于碰到铁板了，他终于头破血流了。

有人说，从此以后，他只能和大家一块挖水沟了。

有人说，还不一定能与大家一样挖水沟，说不定就到西山监狱干活去了，他当队长时多吃多占，不知道贪污了多少集体的财产，比如说那个养鸭场收入在哪里，还不是被他和副队长吃到肚子里去了。

有人说，今天在田间地头看到的这一幕真比看样板戏还精彩，终于看到了队长那一副熊相。

有人说，不知道谁会做队长呢？

有人说，可能副队长会转正了。

有人说，副队长和队长是一丘之貉，肯定不会让他做队长，估计是退伍军人会提拔做队长了，张为民主任不是带退伍军人去大队部了吗？

大家都不挖水沟了，而队长就一个人像死猪一样坐在田头，一副失魂落魄的模样。

有人说，队长倒下了，这下王保生、王根妹的靠山也就倒了，估计新队长不会让他们养鸭子了。

有人说，不让他们养鸭子算对他们好了，如果做队长，大龙每天吃一只鸭子，我就要让他一只又一只地吐出来，这都是吃的全体社员头上的血汗啊！

队长没说话，他站了起来，也向大队部走去。走了几步，他向坐在附近的社员们招手，好像有话要说，但竟然没有一个社员走上前去……

# 第四章
# 新官上任三把火

在去大队部的路上，张为民主任（以下简称张主任）分别询问了退伍军人和老牛各自的情况。这里说明一下，退伍军人姓杨，名唤一先。

张主任问杨一先："我让你做生产队队长，你觉得怎样？"

杨一先说："那老队长怎么办？"

张主任说："我要查他有没有其他问题，如果有经济问题，我当然要把他往上面送。我不是报复他，而是这个人实在是太不像话，我经过你们生产队没有被狗咬着，却竟然被他用铁锹打了，像这样的人怎么能做队长呢？"

杨一先说："整个生产队被他搞得乌烟瘴气，如果让我做队长，我得把他编织的人情关系网打掉。"

张主任说："那就这样了，我任命你做队长，然后我在大队长面前打一个招呼。"

张主任又问老牛："小同志，你救了我的命，你有什么要求对我说，我能当场解决的就当场解决，不能解决的我尽量想办法帮助你解决。"

老牛想，眼前的张主任可是大人物，之前想学泥瓦匠，父母找队长，队长却不同意，现在队长被撤职了，自己想学泥瓦匠应该可以了吧。所以，他对张主任说："我想学泥瓦匠。"

张主任说："没问题，你想学泥瓦匠，只要我对大队长讲一声，你明天就可以去学泥瓦匠了。对了，泥瓦匠师傅你找着了吗？如果没找着，我手头有很多泥瓦匠。"

老牛说："泥瓦匠师傅有了，是我父亲早就为我物色好的。"

不知是谁走漏了风声，大队长已经知道张主任到本大队暗访来了，所以他找到民兵营长，嘱咐他叫几个民兵深入各生产队，看张主任究竟在哪个生产队。

大队长本人也不坐办公室了，他就等在大队部门前的一条小路口，这是到大队部的必经之路。这时候，有位民兵慌慌张张地跑到大队长面前，指着西边过来的几个人说："大队长，张主任他们来了。"

大队长抬头望着西边，说："你看清是张主任吗？"

那民兵说:"我看清了,他穿着灰色的中山装,一定是他,不会看错人的。"

大队长说:"我晓得了,你马上通知大队部里的人,告诉他们公社革委会张主任来了,不要乱串办公室,不要聚众聊天,你快点儿去大队部通知。"

那民兵响亮地答应道:"大队长,遵命!"

---

大队长咳嗽了一声,然后理了理头发,大踏步地迎了上去。

"张主任,你下来检查工作,怎么不告诉我一声呀。"大队长伸出双手。而张主任并没有伸出双手,他说:"伸手必被捉,所以,我们不用握手了。"

大队长尴尬地笑一笑,说:"张主任,你平常一个人下乡的,今天怎么带了两位勤务兵啊?"

张主任说:"你眼睛张大看一看,这哪是我的勤务兵呢?"

杨一先走上前一步对大队长说:"我是生产队七队社员杨一先。"

老牛也上前一步说:"我也是生产队七队的。"

张主任拉过老牛说："这位小同志是我的救命恩人。"他又指着杨一先说："这位退伍军人见我落难，挺身而出，让我脱离了险境。"

大队长一时云里雾里，问道："究竟发生了什么事情呢？"

张主任说："走，到办公室喝茶，快半天了，我一口水也没喝着，嘴巴快干死了。"

大队长说："好，到我办公室喝茶去，我正好有一罐新茶。"

张主任说："我不喜欢喝新茶，喜欢喝老茶，因为新茶很淡的，老茶有味道，喝起来过瘾。"

大队长说："我有一盒老茶叶给民兵营长了，我马上去要回来。"

张主任说："不用去要了，就喝新茶吧，不过要多放一些茶叶，泡得浓一点。"

大队长连连点头答应。所以，到了办公室，大队长第一件事情就是给张主任泡了一杯浓茶。张主任接过茶杯，问："你给我泡茶了，他俩怎么不泡茶呢？"

大队长说："要泡的，要泡的，我马上就泡茶。"

杨一先接过大队长手中的热水瓶说："我自己来泡茶，你和张主任商量重要事情吧。"

张主任当即表扬杨一先说："我想叫这一位退伍军人做队长，原来的队长在我面前耀武扬威，居然还要用铁锹打我，被我当场撤职了。"

大队长当即表态："真想不到他是这样的人啊，你把他撤职的好。"

张主任说："我回公社后，组成一个工作队，去那个生产队严查他的问题，如果他有贪污行为，则追究他的法律责任。"

大队长惊讶地张大了嘴巴，一时没有说出话来。

谁也没料到，这时队长出现在了办公室门口。

大队长挡在了他的面前，说："你怎么来了？"

队长一下子跪在门口，说："大队长阿哥啊，今天我犯错误了，你可以骂我，可以打我，但千万不要撤我的职啊，我为了这个生产队拼命干活，没有功劳也有苦劳，如果把我撤职，那我这张脸往哪儿搁呢？"

---

张主任一看此人就生气，对大队长说："像这样的人还能做队长吗？"

大队长说："将他免职很好，很好。"

张主任说:"此人的气焰极其嚣张,不将此人的嚣张气焰打压下去,生产队新的领导班子很难开展工作。"

大队长说:"张主任,你请作指示。"

张主任说:"明天我派工作者到那个生产队,好好查一查这个生产队的经济问题。"

队长听到他俩的对话,更是泣不成声,表示自己有眼无珠,是自己得罪了上级领导,千错万错是自己的错,一定要给他一个将功赎罪的机会。

大队长对他说:"你不要跪了,早知道今日,何必当初呢?"

但他没听大队长的话,仍然跪在地上,不肯起来。

大队长对民兵营长说:"你找几个民兵来,把他给架走。"

张主任说:"今天我就把他带走,如果他有经济问题,那直接将他往上面送,如果查他没有什么问题,那就放他回来。但像他这样的人查不出一点儿经济问题,我黑面孔姓氏颠倒写。"

民兵营长叫来几位民兵,把队长给拖走了。

队长也没有挣扎,他知道自己完了,自己贪污集体资产的行为即将曝光,他心里害怕极了。他哭着对民兵营长说,你快放了我,我现在就走。

民兵营长对他说:"现在你想走,已经晚了,现在我把你放走，那我就要被张主任带走的，这个道理难道你不懂吗？
你就老老实实地接受上级对你的调查吧。"

队长一听，伸手使劲地抽自己耳光，他可是后悔死了。

张主任和大队长商议，确认了任命杨一先为生产队七队
队长。

张主任问杨一先说："新官上任三把火，你准备烧哪三把
火呢？"

杨一先说："我们生产队帮派比较严重，已经被队长、副
队长，还有会计搞得乌烟瘴气，所以队长被撤职，我建议副
队长和会计也都要撤销他们的职务。"

张主任说："枪毙带掉耳朵，我们要处理队长的经济问
题，肯定还牵扯副队长和会计的经济问题，那么就将他们一
网打尽。"

杨一先说："这算不算我的第一把火呢？"

张主任说："可以算的。"

杨一先说："那我第二把火就是建立新的领导班子，找一
个会核算成本的年轻人做会计。"

张主任问道："你有这样的人选吗？"

　　杨一先眼睛看了一下老牛，然后他回答道："有的，目前来讲，他是我们生产队文化比较高的，虽然说他是初中辍学，但我看让他做生产队会计绰绰有余，因为现在的宋会计只有小学文化。"

　　张主任并不知道他说的这个人是老牛，所以他直接了当地说："我看可以提名他做会计。"

　　杨一先有点为难地说："可他想学泥瓦匠。"他这么一说，张主任有点反应过来了，他问道："你说的是不是眼前这一位小同志啊？"

　　杨一先点头道："就是，就是。"

　　张主任问老牛："你们新队长提议让你做会计，你可怎么样？"

　　老牛心里很想学泥瓦匠，但既然杨一先这么看得起自己，而且他感觉杨一先像大哥一样，平常对自己也是非常友好的，所以他犹豫了一下，然后说："我自己不能决定，让我父母亲决定吧。"

　　张主任说："也行，你学泥瓦匠，我批准你，如果有谁反对你，你不要理他，你是我的救命恩人，我应该帮助你实现自己的心愿。"

杨一先对老牛说："你就别学泥瓦匠了，生产队需要你这样有文化的年轻人。"

老牛讷讷地说："早知道这样，我一定把初中读完的。"

张主任说："做个生产队会计有小学毕业就可以的，你读过初中是完全可以胜任的。我希望你与父母亲好好商量一下，你聘任的生产队会计也是不错的选择，而且你还年轻，会很有前途的。"

大队长对老牛说："这样吧，等会儿我去找你的父母，我去做他们的思想工作，我想他们会同意你做生产队会计的，毕竟这是一个很多人看好的岗位。关键是你自己要有主见，只要你自己喜欢，那谁也阻挡不了你往前冲。"

张主任对大队长说："你现在就派人将他父母叫到大队部来，一是我要当面谢谢他们，感谢他们培养出这么好的儿子，二是我也想知道这位小同志如何安排。"

大队长连连点头，说："好的，好的，我马上派人去叫他们过来。"

张主任面带笑容，又问杨一先："那你说说你的第三把火呢？"

杨一先说："我一路走过来，一直在思考如何做好这个队长。要说我的第三把火，我想把养鸭场关了，因为生产队办这个养鸭场根本没赚到钱，是亏本的买卖……"

其实，老牛不讲，他的父母已经知道他的事情了，因为队长被撤职是村庄里一个特大的新闻，迅速传开了，而且老牛奋不顾身打狗救乡领导的事迹，也在整个公社迅速地传开了。

当天傍晚6时许，老牛回到家里。

他闻到了一股香味。

他说："妈，是不是红烧肉？"

老牛妈说："对的，你爸说队长终于撤职了，以后我们就可以扬眉吐气生活了，再也不用看队长的脸色了。"

老牛说："现在，大队长也同意我学泥瓦匠。"

老牛妈说："这是真的吗？"

老牛说："是真的，大队长对我说明天就可以去学泥瓦匠。"

老牛妈说："等会你爸回来，不知该有多高兴啊。"又说："那真不用队长提名吗？"

"不用，不用了，队长现在已经不是队长，明天公社有工作组来我们生产队，专门来查处队长，查处副队长和宋会计这些人，他们的好日子已经到头了。"老牛越说越兴奋。

"那我们队谁做队长呢？"老牛妈说。

"让杨一先做队长。"老牛说。

"你怎么知道的？"老牛妈问。

"公社张主任在大队部宣布的，我在场，我听到的。"老牛说。

"杨一先是退伍军人，选他做队长，真是好眼光。"老牛妈说。

"只是杨一先提议我做生产队会计，我没有答应。"老牛说，他一心想学泥瓦匠，至于做会计，他倒是没有想过，以为做会计是上级考虑的事，自己想做不一定做得到哩。

没料到，老牛妈却赞成儿子做生产队会计，因为老牛年纪这么小，如果做会计几年后，很有可能大队会重用他，提拔他做大队会计，或者其他大队干部。如果真是这样，那就真是出人头地了。

老牛妈说："你是去学泥瓦匠，还是做生产队会计，等你爸爸回来听他怎么说吧。"

老牛说："如果我去学泥瓦匠，一年学徒期，就没有一分工分，所以我只能张开嘴巴吃饭，而不能为家里挣得一分钱。如果让我做会计，那我一年报酬和大人同等，或许还会更多一些。"

老牛妈说："那我倾向你做生产队会计了，主要你有工分可得，这样家境好了，你找对象就会容易一些。"

老牛羞涩地说："妈，我还要找对象呐！我只是个孩子。"

老牛妈说："眼睛一眨，老母鸡变鸭。你没几年就要找对象的，我还是相信老作风，早生贵子早得福啊！"

当天夜里，杨一先也来到了老牛家里，他想动员老牛做小队会计。他来的时候，刚好老牛爸也回来了。老牛爸和老牛妈得知他当队长了，都为他高兴。杨一先说："宋会计也被撤换了，我看好老牛，很想让他做生产队会计。"

老牛爸已经知道大队长同意老牛学泥瓦匠了，现在新队长又要老牛做会计，可以说是双喜临门，这当然是一件大好事。

老牛爸对杨一先说，你在外面坐一会儿，我和他们母子俩商量一下，老牛做不做会计，马上就晓得结果的。

杨一先说："这样吧，你们夜里可以坐下来好好商量，不一定马上要定结论的，老牛做不做会计，你们讨论的结果明天早上对我说也不迟。"

老牛爸说："那这样更好了。"

杨一先起身告辞了。然后，他来到了五保户老陈家，老陈还不知道他做队长了，他对杨一先说："那个大龙把死猪甩在我的屋子里，他竟然毫发未损，是队长和副队长包庇他的，不处理这样的坏人，我死不瞑目。"

杨一先告诉他："以后，大龙再也不敢这样做了，因为现在我做队长了，如果他再来伤害你，我绝对不会放过他。"

老陈说："我早盼望这一天，终于被我盼到了，这下我死了也眼睛闭了。"

杨一先对老陈说："你会长命百岁。"杨一先又说："明天公社工作组要来队里调查队长、副队长的有关情况，你对他们如有意见，可以直接向他们反映。"

老陈说："真的啊，那我也要找工作组，我要反映队长和副队长他们相互勾结，把生产队的养鸭场当作自己家的养鸭场，那个大龙每天要吃一只鸭子，这不是白白地将集体财产占为私有吗？"

杨一先说："明天大队长要来生产队开社员大会，一个是宣布我做队长，二个就是揭发队长和副队长的经济问题，一定要让他们吞进去的集体财产一样一样地吐出来。"

老陈说："我好几年都没参加过社员大会了，明天这个社员大会几点钟开，我一定要去参加，一定要在社员大会上揭发他们的罪恶。"

杨一先说："好的，明天几点开会，我会通知你的。"

而老牛爸一家人商量结果也出来了，老牛暂时不去学泥瓦匠，因为学泥瓦匠有学徒期一年，这一年没有工资可得，而做生产队会计报酬与生产队男工同等，不会因为老牛年纪小而少得报酬的。

老牛爸是个急性子，当晚他就找到杨一先，对他说了老牛愿意做会计，愿意跟着杨一先在生产队"抓纪律，促生产"。

第二天早晨6时许，大队长和民兵营长一行人已经来到生产队七队。民兵营长认识杨一先家，所以大队长和民兵营长没问信，就找到了杨一先家。大队长对杨一先说："现在开一个全队社员大会，你看在哪里开比较好？"

杨一先说："在生产队晒场吧。"

大队长说："那你去通知社员们到晒场开会。"

杨一先对妻子说："你去叫老牛，让老牛挨家挨户地通知社员们到晒场开会，告诉大家大队长亲自来开会，这个会议很重要，一个都不能少。"

队长和副队长以及宋会计也来到了晒场，只不过他们像缩头乌龟倦缩在晒场的角落里。平常这样的会议，可是他们三个人唱主角，而今天他们三个人已被贬为普通社员，而且他们还要接受公社工作组的审查。

大队长站在一捆稻柴上，面对晒场上黑压压的人群，他挥动着手臂高声说道:"今天召开七队社员大会,我代表大队革委会来宣布解散原有的生产队领导班子,他们的问题接受上级工作组的严格审查。今天我还宣布退伍军人杨一先为生产队七队队长,王老牛为生产队七队会计,希望他们不要像原有领导班子自私自利,而要千方百计地把生产队农业生产搞好!"

大队长接着对杨一先说:"你是新队长,也讲几句话吧。"

于是,大队长让出那一捆稻柴,杨一先站在了那一捆稻柴上。他说:"感谢大队领导相信我,感谢全队社员支持我,我想团结全队干部社员,做好农副业生产,改变本生产队落后的局面,力争上游。"

这个时候,公社工作组领导也来了,带头的是纪检委汪书记。大队长对汪书记说:"今天生产队新队长上任,召开一个社员大会,请你在这个会上作一个重要指示吧。"

汪书记向社员们招了招手,然后他站在那一捆稻柴上,说:"社员同志们,今天我受公社革委会领导的委托,进驻你们生产队严查原领导班子的经济问题,发现他们有经济问题、作风问题的,可以找我们揭发检举,我们不查清他们的问题,绝不会收兵。有社员会担心,检举他们会不会遭受他们的报复啊,我以党性担保,他们要报复你们,有这个贼心,但没有这个贼胆,如果有这样的情况出现,那会对他们更加严肃处理，决不姑息。"

汪书记的讲话获得了全体社员热烈的掌声。

话音刚落，五保户老陈就拄着木拐杖走到前面，高喊道："我要举报，我要举报。"

在晒场角落处，队长对老陈咬牙切齿，他轻轻地对副队长说："这个老贼当初寻死死掉就清爽了，哎……"

❧

汪书记带领公社工作组进驻生产队七队达 10 天时间，将队里的帐本每一笔收支都核实，并且走访了每个社员，结果查实了队长、副队长和宋会计不少经济问题，主要有：

1. 三人私分大米 11 次，共计私分大米 980 斤，而队长一个人多占大米有 500 斤以上；

2. 三人私分卖猪钱 3 次，共计私分卖猪钱 278 元，而队长一个人分到 115 元，其他为副队长和宋会计平均私分了；

3. 三户人家的苗猪款都未付给生产队，共计 17 头小猪未付钱给队里，而队长有 5 头小猪未付钱；

4. 春节干的鱼塘，卖的鱼钱历年都被他们三人私分了，具体多少钱财一时无法统计；

5. 养鸭场亏损 1000 多元，生产队饲养的鸭子，他们就当自家的一样，想吃鸭子就去养鸭场捉，因为上梁不正下梁歪，致使养鸭人也把集体的鸭子当作自家的，如大龙每天要吃一只鸭子，几年间不知道被他吃掉了多少只鸭子；

6. 还有其他一些经济问题……

汪书记将调查材料递给大队长看，大队长边看边说："想不到他们几个人目无党法，如此贪得无厌，应该受到党纪国法严厉处理。"

汪书记说："他们已经触犯法律，我们公社党委都无力治病救人了，但这是一个深刻的教训，我们要把这几个人贪污集体财产的行为做成一个很好的反面教材，让别的领导干部，大队或者生产队的干部都要引以为戒，都不要伸手揩集体的油手，正所谓莫伸手，伸手必被捉。"

就这样，队长、副队长和宋会计被公社领导给带走了。

他们的妻子都来到了大队部，找大队长要人，大队长对他们说："你们现在急了，现在要找人了，他们几个人大把大把地把钱捞回家的时候，你们哪一个出面阻止了？我看他们进了监狱，这是活该，这是罪有应得。"

队长的妻子说："你们这是冤枉他啊，我从来没有见过他拿集体财产回家啊！"

大队说："这就怪了，他没拿钱给你，但这钱肯定是他贪污了，至于这钱有没有交给你，这个并不重要，或许他在外面有相好，把这些钱都给了相好也很有可能。"

大队长一席话说得她哑口无言。

为了防止这些人打击报复，杨一先兼任本队民兵排排长，他将队里 17 位男女青年组织起来，成立了民兵战斗排，夜里民兵们轮流在村里巡逻，在这些民兵当中，有一位年纪最小的，他就是老牛……

---

退伍军人杨一先走马上任烧了三把火，有一把火就是把生产队养鸭场果断地关了，因为这是一个亏损的无底洞，如果养鸭场继续办下去，则继续亏损，因此，社员们一致要求关掉养鸭场。

这可触动了王保生和王根妹的利益，因为养鸭场是他俩取之不尽，用之不尽的源泉，现在将养鸭场关掉，他们就要和其他社员一样下地劳动，而不能像从前那样干活自由散漫了。

大龙很是气愤。

那天夜晚，他找到杨一先家里，对杨一先讲："如果你关掉养鸭场，我父母没事情做了，那你把他们逼到墙角，我就对你一家人不客气。"

杨一先说："关掉养鸭场并不是我一个人的意见，是全队社员讨论下来的一致要求，再说你的父母不养鸭子，并不是无活可干，可以和社员们一块下地干活儿。"

大龙说："我不管，现在你是队长，如果这个养鸭场在你手里被关掉，我就找你算账。"

杨一先说："你找我算账没问题，你的父母养鸭几年，你吃了多少只鸭子，这一笔账我还没有找你清算，如果你非得要找我算账，那么这一笔账就一块算算清楚。"

大龙毕竟吃了很多集体的鸭子，所以他很是心虚，见到新队长这样说，就留下一句话。他说："我的父母都是贫下中农，你不让他们养鸭子，我就让父母到公社告你，你等着瞧。"

临走的时候，他抓起地上一块石头，砸向杨一先家的房子屋顶，那一块石头砸在屋顶上，有一大片瓦片碎了，杨一先拿了一根棍子追赶他，结果还是被他逃掉了。

大龙并没有就此罢休。

当天夜里，他又窜到了老牛家里。老牛拿了一根木棍刚想出门，因为他是基干民兵，每天夜里要在村庄里巡逻。大龙拦住他道："你小子现在做了会计很神气啊！"

老牛说："你什么意思？"

大龙说："刚才我去杨一先家了，我对他说，你关掉养鸭场就是要了我父母的命，如果你非得关掉养鸭场，那我也会对你不客气。"

老牛说："那你想怎样？"

大龙说："我现在警告你，你别做他的帮凶，如果你跟着他起哄，把养鸭场关掉，那我就把你家的门一起关上，反正我死都不怕，我豁出去了。"

老牛说："你比以前更疯狂了，因为你这样做就是触犯法律了，你做了坏事，国家法律不会放过你！"

大龙说："你不要跟我说国家法律，国家法律的，大不了掉一个脑袋，十八年后我又是一条好汉。"

❦

杨一先是铁了心要把养鸭场关掉的，所以，他向大队长汇报了这个事，大队长说大队完全支持你关掉养鸭场，不然这个亏损的窟窿越来越大，整个生产队真的承受不起。

不论大龙怎样阻挠，杨一先还是下令关掉了养鸭场，叫王保生、王根妹卷铺盖走人。

谁想到，这一对夫妻真是脑子进水了，居然背着被子来到了公社大楼。甚至于，他们比公社机关工作人员上班还要早，他们8点半上班，而这对夫妻早晨7点钟就到了。

王保生、王根妹把被子铺在走廊里，大声哭叫。这时，有人过去问道："你们这是做什么？"

他们说，队长把他们的养鸭场关掉了，他们不想活了。

有人就问他们是哪个大队的，像这种事情应该找大队解决，不是找公社解决的，如果这样的事也来找公社解决，那公社就不用正常工作了，每天就被这种乌烟瘴气的事情淹没了。

王保生说："你让我们找大队，可你们不晓得，我们大队长和大队书记都不是人啊，他们与新队长都是一丘之貉，都是欺负我们贫下中农的人啊，我就是不相信大队这一帮赤佬。"

王根妹接着说："如果这一件事你们公社不管，我们就待在这里，永远不走了。"

当他们大声哭闹的时候，张主任上班来了，他问道："他们这是干什么？"

有人告诉他，他们是来上访的，听说是大队，还是小队把养鸭场关掉了，他们不服，就是来公社告状。

张主任说："你不用介绍，我就知道他们是谁了，这样，你们去劝劝他，让他们自觉离开，如果他们不听话，不离开，你们组织一下民兵将他们轰出去，如果他们再大哭大叫，就通知派出所，把他们给关起来。"

"好好好，我就去对他们说。"干部甲说。

"我们先礼后兵。"张主任说。

"估计这个办法不行，这两个人是无赖，对他们说什么话都不起作用。"干部乙说。

"那你们看着办吧，反正我不想看到他们。"张主任说，显然他动怒了。

果然，干部们劝说王保生、王根妹马上拿起被子走人，但他们就是不听，王根妹竟然想脱掉衣服，后来被在场的机关干部制止了。

十几位民兵来了。

民兵们直接将他俩拖出了机关大楼。

干部甲对他们说："你们马上离开这里，如果不听我的话，那么接下来你们想走，也走不了啦！"

干部乙说："我给你3分钟的时间，如果走这事就算了，如果你们不走，那我们就直接把你们关起来了，这可不是开玩笑。"

---

大队长听说王保生、王根妹夫妻俩抱着被子到公社大楼闹事去了，他连忙叫了民兵营长几个人开机挂船，把他们夫

妻俩接回来。当大队书记一行人走到公社大楼时，看到门口围着一群人，他一眼看到了坐在地上的王保生和王根妹。

大队长火冒三丈，冲到他们面前说："你们不要脸，居然有脸到公社闹事，还不快跟我回去。"

王保生说："新队长拆了我的养鸭棚，叫我们夫妻怎么活？"

大队长责问道："你再说一遍，这养鸭棚是你家的吗？"

王根妹说："我们一家人吃住在养鸭棚，不是我家的，难道是你家的吗？"

大队长说："你可真是不要脸。明明是集体的养鸭场，你们居然认为是自己的了，现在该是收回养鸭场的时候了！"

干部甲说："大队长，他们不肯走，刚才请示了张主任，他说如果他们不走，那么就把他们关起来，到时候他们想走也走不了。"

大队长对干部甲说："我知道了，让我再动员他们一下，如果他们实在不领情，实在不愿意走，那我也想不出什么好办法了，那就叫公安局的人直接把他们带走。"

干部甲说："不把这两个人带走，看的人越来越多，影响很不好！"

大队长对王保生和王根妹说："你们闹够了没有？现在，你们就跟我坐机挂船回去，如果你们不跟我走，那你们就要被押走了，至于押到哪里，我不知道，我只知道这件事情的性质就变了，你们养鸭子吃鸭子的事情就瞒不住了。"

王根妹强词夺理："谁说我们养鸭子吃鸭子了？"

王保生轻声地对她说："我们就回去吧，看来真的要把我们押走的。"

王根妹骂道："我跟着你这种没出息的男人真是倒霉。"

王保生说："你骂够了没有？我回去了。"

他便对大队长说："我现在就跟你回去。"

大队长问王根妹："你走，还是不走？"

干部甲说："拿麻绳过来，把这个泼妇给我捆起来。"

众民兵将王根妹团团围住，这时她吓瘫了，说："别捆我，别捆我，我走，我马上走。"

机挂船又响了。大队长带着这对愚蠢的夫妻返回大队部，他们要求大队长把他们送回家里，但大队长并没有答应他们，因为大队长感觉，其他生产队干部都受到了处罚，唯独他俩一点处罚也没有，现在则到了新账老账一起算的时候了。

---

王保生、王根妹被关在大队部一间仓库房子里。大队长知道他们的儿子大龙会来，所以特别嘱咐民兵营长，一定要

多派几位民兵看守，不能让大龙这个小子把他们接走了。

大队长说的极是。

果然，第二天一早，大龙真的来了，他手里拿着一根铁链，这一条铁链是他每天早晨练功时使用的。他到了仓库房门口，民兵们便围在门口，有人警告他最好离这里远点。

这小子便挥舞起铁链，那铁链像蛇信子在他头上呼呼地飞舞起来，突然他使劲甩了一下，那铁链子发出几声爆竹一样的响声……

几位民兵怕被铁链砸到，所以，他们退到了一边。

但他们手里有铁棒、木棍、铁锹，很快镇静下来，纷纷对大龙说，你不要在这里甩铁链，我们手里的家伙也不是吃素的。

大龙说："快打开仓库门，要不然，我就砸门了。"

民兵甲说："没有大队长的命令，谁也不会开门的。"

大龙说："大队长算个屁，总有一天，我要把大队长踩在我的脚下。"

民兵乙说："你要是在这里发疯，我们现在就要把你踩在脚下。"

大龙竟然真的捡起地上一块砖头砸门上的一把铁锁。

民兵甲手一挥道："同志们，我们可以动手了。"于是，众民兵一哄而上，有的将铁链从大龙手中夺走，有的抱住他身上，让他动弹不得，有人找来麻绳将他捆绑了。

大队长急忙赶来，他问道："大龙，他人呢？"

有民兵指着墙角一个人说："他在那里。"

大队长看到大龙被五花大绑，并且倒在地上，就对他说："你今天拿着铁链过来，我可以将你往上面押送，但我念在你还是小孩子，还是一个大队的，低头不见抬头见，所以我现在还给你一个机会。只要你承认了自己的错误，我就放了你。"

大龙说："你们打死我吧。"

大队长说："那好，等会儿一块将你父母往西山送去，让你们一家人到那里团圆吧。"

当大龙听到一家人都要被送走，这句话像一颗子弹打中了他的心脏。他终于服输了，说："如果我走，我父母可以走吗？"

大队长说："你可以走，但你父母亲不能走，本来你吃掉的鸭子这笔账就不算了，今天这一笔账要与你父母算一算，等算好了，让你父母亲签字才可以走。"

大龙说："你这样做，不是把我往死路上逼吗？"

　　大队长为什么要这样对待大龙和他的父母？因为他就是
想让杨一先和老牛做一回好人。原来，大队长已经派人去叫
杨一先和老牛了，通知他们将大龙和他的父母领回去。

　　他捎给了杨一先和老牛一封信。

　　这是为什么呢？

　　大队长希望通过这件事情来缓解大龙，以及他的父母与
杨一先、老牛的紧张关系，以便他们日后顺利开展工作。杨
一先展开了大队长的信。信是这样写的：

　　　　杨队长、老牛：

　　　　两位好，你们接信后快点来大队部，王保生、王
　　根妹夫妻俩到公社捣乱，现在被我带回大队部，他们
　　极不老实，所以他们被捆绑在一间仓库房子里，你们快
　　将他俩领回，让他们感觉是你们救了他们，如果他们是
　　感恩的人，相信以后他们会感恩你们的，或许还会听你
　　的话……

　　大队长真是良苦用心啊！

　　杨一先对老牛说："大队长做恶人，把王保生和王根妹夫
妻捆绑起来了，现在我们去大队部，大队长立即释放他们，
让他们走人。"

　　老牛说："那我们将计就计，马上去大队部，把大龙的父
母给接回来。"

　　信上没提到大龙也被捆绑的事，大龙被捆并不在大队长预先的设想之中，是大队长临时之计，故在给杨一先和老牛的信中未提及大龙被捆绑在地的事情。

　　杨一先和老牛来到了大队部那个仓库，看到大龙捆绑在地，他俩吃惊地瞪大了眼睛。

　　杨一先、老牛和大队长的好戏开始了。

　　大队长指着躺倒在地的大龙说："这个人是你们生产队的吗？"

　　杨一先说："是的，可他还在读书，是一个孩子，大队长快把他给放了吧！"

　　大队长说："你说的这个孩子可以放他，但他的父亲母亲不能放，因为他们吃了很多鸭子，这笔账需要与他们核查一下，然后找他们索赔。"

　　杨一先说："关于鸭子这个事情，公社工作组到生产队审查的时候已经有了结论，生产队七队原领导班子成员都吃官司去了，而养鸭场这一对夫妻只是揩集体的油而已。所以，为了团结大多数社员，就不跟他们算账了。"

　　杨一先说这话的声音很响，当然大龙耳朵全听到了。本来他想，这下完了，新队长杨一先和新会计老牛都是与自己有仇恨的人，现在自己落在他们手里，真是虎落平阳被犬欺啊！

———————— ❦ ————————

"语言的威胁除了揭示你的软弱和绝望之外，不能传递任何信息。请记住，不要使用任何口头威胁。"这一句话来自外国名人纳西姆·尼古拉斯·塔勒布。

老实说，大龙就是这样一个喜欢口头威胁的人。

大队长认为他还是"有救"的，所以他设计了这样一出戏，用真诚去感化心灵像石头般的大龙。

当然，这是大龙不知道的故事。

经过杨一先慷慨激昂一番讲话后，大队长说话的口气也变软了。他说："既然公社领导是这个意思，那我表态一声，关于养鸭场的事情，那就不要重新算了吧。"

杨一先说："那么，你就把王保生、王根妹，还有大龙统统给放了吧。"

大队长说："好吧，放他们走没问题，我担心的是放虎归山，以后他们找你们麻烦，你们该如何是好呢？"

老牛说："我们生产队有 17 位民兵，对付他这样一个人不费吹灰之力。"

大队长向老牛示意了一个眼色，老牛一时没有领会，所以走到大队长面前，轻声问道："大队长，刚才你向我使眼色，我不明白是什么意思？"

大队长伸长脖子，嘴巴凑着他的耳朵说："这个你难道看不出来吗？"还没等老牛回答，他又说："你可以解开大龙的绳索了。"

原来如此啊。

老牛走上前去，亲手解开大龙身上的绳索。

大龙身上的绳子没了，他没对老牛说一句感谢的话，而是身子一跃，扑倒在仓库的大铁门上。

王保生、王根妹在里面呼天抢地。

这时，杨一先和老牛也走到仓库铁门前，这时有人递上了仓库的一把钥匙。

大队长对杨一先和老牛说："你们两个谁去开锁呢？"

杨一先的眼睛看了看老牛，示意老牛来开。所以，接下来老牛说："我来开锁。"他一边说，一边接过了那把钥匙。

大龙第一个冲进仓库里，他抱着母亲痛哭起来。

杨一先和大龙也走进了仓库里。

良久，王保生才缓缓开口道："今天是你们救了我们一家人，这个恩情我们不会忘记的。"

杨一先说："这说不上是恩情，都是一个生产队的人，都是乡里乡亲的，都是一家人。"

王保生说："是的，我们都是一家人。"

王保生又对大龙说:"以后,我与你,还有你娘一家人都要好好做人!不能给新队长和新会计添乱子!"

────────── ❧ ──────────

王保生一家人回家了,但他的心感觉往下沉,现在队长、副队长、宋会计都在吃官司,他的靠山倒了。他对王根妹说:"以后,我们真的要夹起尾巴做人了。"

王根妹说:"这是我早就提醒你的。"

王保生说:"现在世道变了,说话也要小心,这次多亏新队长和老牛出手相救,有机会得好好感谢他们。"

王根妹说:"你不要这样说。我看这个杨一先是笑面虎,表面对你笑嘻嘻,暗地里用脚踹你,你还不知道。"

王保生说:"不可能,如果他是这样的人,今天他不会在大队长面前为我们说好话的。"

王根妹说:"以后,我们一家人要多干活,少说话。"

王保生说:"如果可能的话,你要和杨一先的家属套套近乎,送点小东西给她。"

王根妹说:"你叫我哄好新队长的女人,不如你哄好新队长吧,哎,这几年我和你养鸭子,说实话,劳动强度不大的,所以骨头都舒服惯了,现在再让我们去田里干活儿真的不太习惯。"

王保生说："到啥山，砍啥柴。开始下地干活，我和你肯定不习惯，但干着干着便习惯了，便不会感觉干活吃力了。"

王根妹说："是这个道理。"

两个人聊着聊着，又聊到了大龙。王根妹说："大龙说出去一会儿就要回来的，怎么几个小时都过去了，到现在还没有回来呢？"

王保生说："你不晓得，我更不晓得啊！"又说："不晓得他夜里出去做啥？"

王根妹说："这我知道，他去街上和几个同学一起逛逛马路。"

王保生忽然有了警觉心，说："他该不会去外面闯祸吧？"

王根妹说："你不能这样说的，儿子怎么可能会去闯祸呢？"又说："对了，你去开门，估计他应该快回来了。"

可是，又是一个小时过去了，大龙还是没有回来。

王保生、王根妹心里开始焦急起来，他俩索性就不睡觉了。王根妹催促王保生出门去寻找儿子。

王保生无奈地说："外面天黑，我到哪里寻找得着他呢？"

王根妹说："你出去找总比待在家里好，说不定你出去找

211

他，就在路上遇见他呢？"

王保生说："万一我在路上与他不是走的同一条道路呢，他倒是回家了，我却还在外面找，你说这不是一个笑话吗？"

王根妹说："大龙最有可能恋爱了，我看这小子看中队里一个妹妹哩。"

王保生又惊又喜，说："哪一个妹妹呢？"

那么，当晚大龙究竟去哪儿了呢？

他去了苏州城里，因为他感觉在生产队很难呆下去，他想远走高飞。这么重要的事情，他并没有跟父母说，他晓得如果对他们说了，那自己就走不成了。

这次，他被一群民兵捆倒在地，几番受到了羞辱，此事更加剧了他离家出走的想法。他决定远走高飞，而且他不想一个人走，他想带生产队小姑娘林妹一起走。

当晚，他一个人来到了城里，他身上揣着几十元钱，这是他母亲的私房钱，王根妹将这些钱藏在床铺底下一只新打的马桶里，但这些钱还是被大龙发现了。

他身上有钱，所以饿不着。

他先在一家小馄饨店吃晚饭，想先吃饱肚子，然后再去找工作，如果一时找不到，那么明天白天继续找，反正他铁了心，不想回到生产队种田，不想受杨一先和老牛他们的气。

他要了一盆猪头肉，还要了一份三鲜汤，外加一碗白米饭，花了 5 元钱，吃得他酒足饭饱。饭店服务员是一位年轻姑娘，他问："小伙子，你是从农村来的吧？"

大龙说："你怎么看出我是农村来的呢？"

姑娘说："我看你穿的衣服比较土气，一般城里的男青年穿的衣服比你洋气多了。"

大龙说："谢谢你提醒我，我现在就想去买衣服，我就是到城里来找工作的。"

姑娘说："你真的想在城里找工作吗？"

大龙说："我在生产队呆不下去，新队长不仅欺负我父母亲，还欺负到我的头上，我被一群民兵用麻绳捆住手脚，像猪一样被人踩在地上，你说气愤不气愤？"

姑娘说："那你肯定做了坏事吧？"

大龙说："我一点坏事也没做，我就是得知我的父母被他们关在仓库里，就想去救他们，结果他们就这样对待我。不过，君子报仇，十年不晚。现在我就不想看到他们，在外面找一份工作，以后最好是衣锦还乡。"

姑娘说："你的父母亲为啥被关在仓库里呢，或许他们做了坏事吧。"

大龙说："我父母亲都是老实巴交的农民，以前的老队长让我的父母亲养鸭子，不料老队长被人陷害吃官司去了，而新队长视我的父母为眼中钉，他们不让我父母亲养鸭场子了，我父母亲当然有意见，就去公社反映情况，结果就被他们抓起来了，事情经过就是这样，现在我就想离开农村，就想在外面找一份好工作。"

姑娘说："是这样啊，我也感觉你在农村干是没有什么意思了。"

歇工时间一到，饭店关门了。姑娘问："那你现在去哪里？"

大龙说："现在不找了，我想找住的地方睡觉了。"

姑娘说："要不你到我家住吧？"

大龙问："你家远不远？"

姑娘说："不远，我有自行车。"

大龙问："我去你家里方便吗？"

姑娘说："家里就我妈妈，没有其他人。"

大龙说："你爸爸呢？"

姑娘说："我爸爸在外地工作，他很少回家的。"

大龙说："那我跟你回家，你妈妈不会说你吗？"

姑娘说："一般不会，但如果我妈妈说我，我可以对她说，你是农村来的年轻人，是来城里找工作的，因为来我们饭店吃饭，而一时找不到住的地方……"

大龙说："你心肠很好呀。"

这件事让大龙陷入沉默之中了。他想，我一直是带着有色眼镜看人的，觉得世界上到处是自私自利的人，而自己也确实干了不少不太正经的事，而自己不以为耻，反以为荣。看到眼前这一位陌生姑娘对自己伸出热情的手，他心里的一个死结打开了，他想一定要在城里好好工作，做出一番成绩来，千万不能让大队里的领导干部，以及社员们小看自己。

"那就坐我自行车，去我家吧。"姑娘说。

大龙轻轻点头，忽然他想起了什么，问道："请问姑娘叫什么啊？"

姑娘也是轻轻一笑，说："大家都叫我小燕子。"接着她唱了起来："小燕子穿花衣，年年春天到这里。我问燕子你为啥来？燕子说，这里的春天最美丽！小燕子告诉你，今年这里更美丽，我们盖起了大工厂，装上了新机器，欢迎你长期住在这里……"

大龙说："你唱得真好听。"

小燕子说："那好吧，你坐我自行车，我们一边走，一边唱好吗？"

大龙说："那你不累吗？"

小燕子说："不累。"

她推出了自行车，说："要不要你骑自行车？"

大龙摇摇头说："我不会。"

小燕子问："那你坐过自行车吗？"

大龙又摇摇头说："没坐过。"

小燕子说："那好吧，我推自行车回去，你跟着我走路吧。"

在路上，小燕子对大龙说："你在城里打工，这个自行车你得学会，当你学会骑自行车，上班路远或者路近就不是问题了。"

大龙说："你愿意教我骑自行车吗？"

小燕子不假思索地说："我愿意！"

---

一个姑娘怎么会把陌生男孩带回家呢？

这好像与现实不符合啊。

我想说的是现实生活总有许多可能性，小燕子是个真诚的姑娘，她看见大龙有点失魂落魄的样子，一时对他动了恻隐之心，这又何偿不可呢？

那么，故事接着讲。

大龙跟着小燕子来到了她的家里，母亲见到女儿带了一个年轻男孩回家，以为她恋爱了，就板着脸说："你居然敢把男朋友带回家，如果被你爸知道，他非得把你的腿打断。"

小燕说："妈，你误会了，这不是我男朋友，他到我们饭店吃晚饭，然后明天要找工作，反正他就在我家住一个晚上。"

母亲说："你是一个姑娘家，若这个事传出去，对你的名声不好，以后找对象就难了，换句话说就是难嫁出去了。"

小燕嘻嘻一笑说："难嫁出去，我就不嫁出去，一直在家陪爸妈，这不是很好吗？"

母亲说："一点儿都不好，我倒是希望你早点嫁出去，这样我在家一个人过日子也清静多了。"

小燕说："好啊，那我随便找一个人，尽快把自己嫁出去。"

这下，母亲可不乐意了。她说："找对象是一生一世的事情，可不能像到菜市场买菜那么随便。"

小燕说："妈，你不是说让我尽快嫁出去吗？"

母亲说："哎，我的意思是你要找到好的人家，好的小伙才嫁出去，那种吃喝玩乐的人，即使家庭条件很好也不要嫁给他，因为坐吃山空呀。"

娘俩光顾说话，把大龙晾在一旁了。大龙说："这里房间小，我还是找旅馆住吧。"

母亲说："孩子，对不起啊，你既然已经来了，就不要走了，就在这里住下吧，反正到天亮也没有几个小时。"

小燕说："我和妈妈睡一张床铺，你就睡我的床铺，喏，你来。"她向大龙招了招手，然后将大龙领到她的卧室，说："你就睡在我的房间，不过，我家没有卫生间，上卫生间要到楼道最西边有一个公共卫生间。"

大龙说："我明白了。"

小燕说："我现在去上卫生间，你要不要去？"

大龙说："去。"

然后，大龙走出门外，就对小燕说："我还是到外面找旅馆吧，住在你家我心里压抑。"

小燕很诧异："难道我母亲不好吗？"

大龙说："不是，因为你母亲很好，所以，我更不好意思住在你家里，而且让我睡在你床铺上，很可能我到天亮也睡觉不着。"

小燕顿时觉得眼前这个年轻人品德是不错的。

听了大龙的解释，小燕答应他住到外面去，然后她想陪他一起去找旅馆，但被大龙拒绝了。他说："我自己找吧，你早点休息。"

他没与小燕的母亲告别，就独自一个人走了。

大龙就一个人找旅馆，他走了很远的路，才找到一家旅馆，但住宿费很贵，他就不想住了。后来，他就在电影院门口打盹，因为那里有电灯，还因为那里除了他，还有好几个人铺了简单的被褥，在露天睡觉。

这个时候，大龙有点儿想父母亲了，不知道他走了，他们是否在寻找自己。他开始后悔，自己离家出走，至少应该跟他们说一声，这样免得他们为自己的去向而担心。

但他转念一想，只要自己在外面干出一番事业来，那总比自己呆在农村干农活强啊。干农活是一辈子的事，像父母一样，又有什么出息呢？

他就在电影院门口坐了一夜。

天亮的时候，他一个人来到河边，没有牙刷、毛巾，他就手捧河水洗了一把脸，他看见河面上游动的小鱼，它们不时地窜出水面，他想在家就好了，可以拿一张渔网，将这些小鱼一网打尽。可是，现在陌生的城市，他真的感觉自己一无所有。

没有想到的是，小燕竟然放心不下他，一大早她就骑了自行车在外面寻找他。

她在河边找到了他。

小燕说："你怎么会在这里呀？"

大龙说："那你怎么也会在这里呀？"

小燕说："你走后，我妈说我了，不应该让你走的，她说附近旅馆很少的。"

大龙说："我没住旅馆。"

小燕说："那你住在哪里呀？"

大龙指指电影院说："我在电影院门口睡了一夜。"

小燕说："哎，你晚上没睡好，白天就打不起精神。"

大龙说："也不会，以前我一个晚上都不睡觉的。"

小燕说："一个晚上不睡觉，那你干什么呀。"

其实，这是大龙说大话了，他哪里有一个晚上不睡觉呀。大龙笑笑说："生产队干农活，我也跟着大人干活，有时要抢收抢种，大人们一个晚上不睡觉，我们小孩子也跟着他们一个晚上不睡觉。"

他总算能够自圆其说，小燕也不追究他说的话真实性了，只是很有感触地说："吃苦是福，所以，我们年轻人就要从小热爱劳动，从小吃苦！"

---

　　那天，大龙走了很多地方，也没有找到工作。可是他身上的钱不多了。第二天傍晚，他没有去小燕的那家饭店，他只是买了两根油条吃。

　　天黑了，他仍然来到有灯光的电影院门口。

　　当他出神地望着电灯的时候，有一个人突然出现在他的眼前。

　　来人就是小燕。

　　"你今天怎么不找旅馆住呢？"小燕说。

　　"是你呀。"大龙说，他起身站了起来。

　　"坐在这里一夜太苦了，你还是住到我家里去吧，反正我家有空床。"小燕说，她的语气是非常诚恳的，这让大龙非常感动。原来他喜欢恶作剧，也做了许多不应该做的事。现在，因为小燕的出现，给他的思想触动很大，他对自己说，要好好做人，再也不能像以前那样混日子了。

　　不论小燕怎么邀请，大龙就是不想去她家。

　　他说："到你家，我很不自由，我习惯了一个人自由自在，而住在你家就得小心翼翼，还把你家搞脏，让你母亲打扫卫生，这点特别让我过意不去。"

小燕说："你是怎么想的呀？我妈还夸奖你是个人品挺不错的年轻人呐。"

大龙说："其实，我很不好，我在乡下经常与人吵架，也做了很多不好的事。这次，我到城里来找工作，就是想脱胎换骨，就是想在城里做出一番成绩，然后回到乡下让我不被别人看不起！"

小燕说："我不知道你的过去，只是我觉得现在的你还是彬彬有礼的。"

大龙说："我在农村一直被人歧视，说我好的人真的很少，谢谢你对我的夸奖。"

小燕说："可我说的是真心话，你第一印象给我就是一个机灵和有修养的年轻人。"

大龙一笑说："我哪有修养啊，如果找不到工作，身边没有钱了，那我不知道自己如何填饱肚子呢？或许，人在饥饿的情况下，应该是什么事情都做得出来。想一想，我也是。"

小燕说："不会让你饿肚子的，你上我家，我妈会端给你大米饭吃。"

大龙笑道："我想吃红烧鸭子，你家有吗？"

小燕也笑道："红烧鸭子倒是没有，红烧肉可以有的。对了，我妈烧的红烧肉可好吃了，那红烧肉是用红米做的，我最喜欢母亲做的红米红烧肉。"

小燕说："你为啥喜欢吃红烧鸭子呢？"

大龙若有所思，顿了一下说："以前我父母亲养鸭子的，我就每天吃一只红烧鸭子，不知道我吃掉多少鸭子了。哎……"

———❧———

大龙出走十几天了，王保生和王根妹发动亲戚在附近寻找他，结果一点信息也没有。人海茫茫，他在哪里呢？结果他俩老毛病复发，又卷了被子上访了。这回他俩没去公社，而是来到了大队部。他们的理由是大队长让民兵捆绑了大龙，所以，大龙负气出走的。

唐一先得知这个消息，连忙赶到大队部，果然见到王保生和王根妹在那里，他们拿着被子就坐在大队长办公室门口。

唐一先说："人家都在田地里干活，而你们夫妻俩却来大队部闹事，真的不像话。"

王保生说："我儿子大龙是被你们气走的，我们来大队部也是被逼的，只要你们把大龙还给我们，我们马上走人。"

王根妹接着说："不走人不是人。"

唐一先说："这能怪大队长吗？如果你们夫妻俩想继续闹

事，那这回可能是谁也救不了你们了。"

王保生说："并不是我们想闹事，只要找到大龙，我们马上走。"

杨一先说："你们坐在这里，很不好看，你们最好坐到别处去，不要挡了大队长的出路。"

王保生说："我们就是要挡住他的去路，他不给我们活路，我们就不给他出路。"

杨一先说："你们坐在这里，难道说大龙就会回来吗？"

又说："以前你们吃掉了多少鸭子，原来我不主张向你们算这一笔账了，现在你们不听我的话，不拿着被子走人，这一笔账我非得找你算不可，你们一分钱也逃不了。"

大队长走到门口对他俩说："如果你们再不走，我马上叫民兵过来，这回不是把你们捆在仓库里，我想直接送你们到养猪场的猪圈里。"

王保生说："难道我们是猪吗？"

大队长说："你俩连猪都不如。"

杨一先对大队长说："我回去叫老牛，把他们吃掉鸭子的账拿出来，这一笔账今天就算清，如果他们拿不出钱来，我有一个办法已经想好了。"

大队长问："有啥办法？"

杨一先说："把他们家三间瓦房抵押给生产队，然后让五保户老陈住进去，把老陈住的房子腾出来，因为生产队需要一间房子放柴灰。"

　　大队长点头道："这个办法可以，马上办？"

　　这下，王保生、王根妹可是急得像热锅上的蚂蚁，他们俩一合计，拿起被子逃之夭夭了。

　　大队长说："这笔账迟早要找他们算的，这一对夫妻太不讲理。"

⚜

　　小燕找过饭店负责人，问他饭店要不要收人？饭店负责人说，我没有收人的权力，饭店收不收人，有上头决定。小燕想了想，饭店负责人的话是对的，这个饭店又不是个人的，是供销社办的，说白了饭店负责人也只是一个打工者而已。

　　饭店负责人给她出了一个主意。他指着饭店不远处河面上一条小船说："我上次听船上的老人要收学徒，不知道他现在收到学徒了没有？"

　　小燕放眼望过去，河面上的确停泊着一条小船，是有蓬子的那种小船。她很好奇，问道："那学徒学做啥呢？"

　　饭店负责人说："这条船停泊在这里几十年了，你一点儿不知道船是做什么的吗？"

小燕摇摇头说："我早出晚归上班的，哪知道那条船做啥呀？"

饭店负责人说："做锡箔纸的。"

小燕吐了一下舌头说："哎哟，什么是锡箔纸，我也不懂。"

饭店负责人说："给死人用的。"

小燕说："死人？人都死了，还要用什么东西呀？"

饭店负责人苦笑道："你真是一个黄毛丫头，连这锡箔纸都不晓得，你应该有空多读读书。"

小燕说："我才不喜欢读这种死人书。"

不过，小燕还是一个比较上进的姑娘。她有一本《新华字典》，便查阅什么是锡箔纸。书上说：锡箔纸是早年浙江绍兴特有的一种手工业产品。在古代其主要用途是制作冥币用以祭拜鬼神。现已有多种其他用途，如密封。古代的锡箔纸形状为长方形或正方形，薄纸片状，可折叠、变形。锡箔纸的颜色为银白色，焚烧后灰为金黄。它的主要成分是锡、铝，是锡铝的合金。

听了饭店负责人的介绍，小燕真想马上到船上去问问情况，然后把这个重大发现转告大龙，推荐他到船上去当学徒，但饭店负责人说，你现在不要去船上，等下班后你再去。

小燕说："下班要到夜里8点多钟，这么晚船上人睡觉了怎么办？"

　　饭店负责人说："你不一定今天就去呀，你不能明天早一点儿去船上吗？"

　　小燕说："你说的话是对的，不过，我就是心急呀。"

　　饭店负责人说："摇了半天船，船缆绳都没有解。对了，你推荐的那个小伙子是你什么人呢？"

　　这个小燕早有准备，因为其他同事也是这样问过她的，而她是这样回答的。她说："他是我家乡下的一个表亲，他的父母与我的父母来往比较多的，属于关系比较好的亲戚。"

---

　　那个饭店老板可以说是一位热心人，他对小燕说："我与船上的老人比较熟悉，要不你把那小伙子叫过来，我来领他船上去，看船上老人愿意还是不愿意收他这徒弟。"

　　小燕说："我马上去找他。"

　　饭店老板说："现在是上班时间，你不能走开的。"

　　饭店老板是好心，小燕也不能说他什么，她控制着自己说："那什么时候让我出去叫他过来呢？"

　　"你看下午客人都走了，你可以去叫他过来。"饭店老板这样说，已经算是"网开一面"了。

小燕只好点头答应，只是她有点闷闷不乐，因为她心里一直在为大龙寻找工作而担忧。饭店老板拎了一只公文包，刚想出门，这时大龙来到了饭店。他是想来向小燕告别的，因为时间过去了好几天，他的工作一点儿着落也没有。所以，大龙想返回生产队去了，只好像他的父母一样种地了。

"我们饭店老板推荐你去做学徒。"小燕平静地对大龙说。

大龙瞪大眼睛看着小燕，说："别逗我了。"

小燕说："没逗你，你等在这里，我去叫老板。"

大龙说："慢着，让我做什么学徒呢？"

小燕说："让我们老板对你说吧。"

她很快把饭店老板叫过来了。

饭店老板对大龙一挥手，说："走，你跟我去那条船上。"

小燕说："我也想去看看。"

饭店老板说："可以啊！"

于是，他们向那条船走过去。饭店老板对大龙说，船上这位老人是做锡箔纸的，老人有一手做锡箔纸的传统技艺，如果你能够学习到，一个是可以把传统手艺发扬光大，二个也就解决了自己的吃饭问题。

大龙说："这个锡箔纸，我知道的，我见过，但不知道怎么做出来的？"

只一会儿的功夫，他们就来到了船的岸边。

船在河里，人上不去。

饭店老板叫道："老伯，人在吗？"

这时，从船的帐蓬中走出一个头发花白的老者，他问道："是不是叫我？"

饭店老板说："我们能上船吗？"

老者说："你们想做什么？"

饭店老板说："你不是要收学徒吗？我给你推荐一个，就是我身旁这个小伙子，你看可以吗？"

老者睁大眼睛看了半天说："可以，可以。"说完，他用篙子将船撑到了岸边。

"我们可以上船看看吗？"饭店老板问。

"船小，先上船一个人吧。"老者手里拿着篙子平静地说。

---

饭店老板对大龙说："那你上船去吧，还有你记住，他问你什么，你就回答什么，其他话不要多说。"

大龙点头道："我晓得了。"

小燕说："我和你一块到船上去。"

饭店老板说："刚才老伯讲，要我们一个一个上船，这要听他的话，可不能惹他生气，我知道他脾气有点儿怪。"

大龙本是农村长大的，对船也是熟悉的。所以，他纵身一跃就到达了船上。老者用眼睛打量了他一下，问道："你多大？"

大龙说："18岁。"

"哪里人？"

"苇塘公社五洋大队。"

"呵，那地方我熟悉，我年轻的时候在那里呆过一段时间。"

"做农民吗？"

"不是，我的本行是渔民，我有一条船在那里看守一排鱼簖。"

"鱼簖，我不懂。"

"鱼簖，就是插在水里，阻挡鱼类，以便捕捉的竹栅栏。"

"呵，那种东西我见过，现在我们那河里还有。"

老者问什么，大龙就回答什么。

大龙看着船蓬里的一大堆东西，问道："这些东西就是锡箔纸吗？"

老者说："是的，有的还是半成品，还没有正式完工，完工的锡箔纸都搬到岸上去了。"接着，他手指着岸上的两间房屋说："那两间房屋是我的，一间吃饭和睡觉的地方，另一间存放锡箔纸。"

他忽然想起了什么，说："这样吧，我们上岸去，到我的屋子里看看吧。"

大龙爽快地说："行。"一个转身，他就跳上了河岸。

老者侧从船板上稳步地走上岸来了。

老者和饭店老板打了一声招呼。

饭店老板轻轻地问："老伯，你看这小伙子做你学徒行吗？"

老者笑了笑，说："做这个锡箔纸，可是耐心活儿，要沉得住气，丑话说在前头，如果几个月待在船上，也不到外面闲逛，如果能够做到这样，那跟我做锡箔纸应该是可以的。"

饭店老板说："这，这，有点难，你让一个小伙子几个月待在船上，如果是我，我肯定做不到，那可是寂寞死了。"

老者说："那没办法，做这一行就得这样忍受孤独和寂寞。"

饭店老板问大龙："如果让你几个月一直待在船上，不去别的地方玩，你能做到吗？"

大龙想了想，说："白天我可以一直待在船上，晚上没有自由活动时间吗？"

老者说："晚上住在岸上这个屋子里，你可以到街上走走，但不要玩得太晚，因为一天很劳累的，应该早点儿休息，不然第二天干活就会无精打采这个样子。"

在一间屋子里，看见一块表面光滑的大青石头，一把大铁锤，另有石模具、铁勺、铁锅、石墩、牛皮垫、蒸笼、砖块、钢制裁刀、木枰、包装纸和纸箱等。

老者指着这些东西说："这些东西都是做锡箔纸需要的。"

大龙看见这些东西有些畏难，说："我文化程度不高，不一定学得会做锡箔纸。"

老者说："有文化当然做锡箔纸很好，但你没有文化，同样能做锡箔纸的，比如我没读过书，但我做锡箔就是熟能生巧，主要还是自己喜欢做这一行，并且认认真真地做好它。"

大龙说："那我能做些啥呢？"

老者对大龙说："做锡箔纸也是一个技术活，特别是打胚、捶箔都是需要甩开膀子干的，一天劳作下来，可以说累得筋疲力尽。所以，你想学做捶箔纸，就得做好吃苦的准备。"

大龙说："吃苦我不怕，就是担心学不会。"

饭店老板对大龙说："刚才老伯讲了，他没有文化都成了做锡箔纸的专家，只要你用心，只要你认真，我看你是能够学会这个做锡箔纸的。"

"怎样？"小燕也平静地问大龙。

"我愿意学。"大龙回答道。

饭店老板对老者说："那你就收下这个徒弟吧。"

老者眼睛看了看大龙，说："做我的学徒，两年只提供一日三顿饭菜，其他工资没有的。"

饭店老板说："我们饭店厨师做学徒，有基本工资，但不是太多，你能不能给他基本工资，毕竟学徒也要回家，也要购买衣服等日常用品。"

老者说："这个学徒与你们做厨师学徒不一样，这个学徒两年后就出师了，便可单独自立门户，就可以赚很多的钱。"

饭店老板说："的确，学做锡箔纸与学做厨师不一样，学做锡箔纸是独门技艺。"

老者说："如果我有子孙是不传外人的，但现在我这种情况，所以也想收一个学徒，把这一门技艺传承下去。"

无论怎么说，老者都不肯退让，而大龙说没有基本工资，即使现在答应做学徒，他也只是暂时之举，不会做得很长，这样到时就前功尽弃的。

最后，大龙就没有答应做学徒。

饭店老板对大龙说："也许，再找一找，你会找到工作的。"

大龙却有些心灰意冷，他喃喃地说："如果实在找不到工作，我只好回家种田去了。"

后来，饭店老板又单独找过老者，问他可不可以缩短学徒期，将两年学徒期缩短为一年。老者说，一年学徒期学不到多少东西，至少需要两年学徒期。这时，饭店老板又问，你为什么不给学徒基本工资呢？老者说，倘若给了他基本工资，他就会偷懒，学习就不会用心，这也是做学徒的一招"灵丹妙药"。

原来如此。

饭店老板还是觉得这位老者手段是蛮高明的，但考虑到大龙的具体情况，让他没有一分钱就跟老者学，当然也是不太现实。所以，最后大龙就没有拜老者为师。

无奈，大龙回到了村里。

那天，小燕陪他回到村里的。村里的人都说，大龙这小子，真有出息，出门时间不长，就带媳妇儿回来了。而大龙估算一下，自己回来仍得种田，那可不行，最好的出路还是要学一门手艺，因为只要生产队同意学手艺，年底还是付一笔工分的，所以基本生活能够保障。

"你想学啥？"小燕问。

"我想学泥瓦匠。"大龙说。

"你想学泥瓦匠为何要回到农村呢，这个在城市里也可以学啊？"小燕有些不解。

"现在已经回来了，那就在乡下学吧，因为在乡下学，生产队会给我工分的，这样我就饿不着。"

"那你能学泥瓦匠吗？"小燕问道。

"所以，我得找大队长去，只要他同意，我就可以学做泥瓦匠。"大龙说。

"你当然可以这样考虑，如果大队不同意你学泥瓦匠，你怎么办？"小燕说。

"那我就去城里找你。"

"你找我干嘛？"

"找你到城里做泥瓦匠。"

"我明白了，你想学泥瓦匠的态度很坚决。"小燕说。

"等我学成泥瓦匠，我向你求婚，你会答应吗？"大龙说，他的眼睛盯着她的脸蛋看，小燕脸红了，说："那就等你学成泥瓦匠再说吧。"

因为小燕来过村庄了，所以生产队里的社员们都知道大龙有一个城里的女朋友，而大龙并没有否定，当别人说他有城里女朋友时，他的脸上洋溢着一种幸福和自豪感。

大龙便向生产队提交了申请，他申请学泥瓦匠。

杨一先拿着他的申请，找到老牛，两个人商量下来，觉得还是同意他学泥瓦匠。杨一先说："大龙，这个人是三角石头，倘若不让他学泥瓦匠，那整个生产队都不得安宁。"

老牛说："你说得对，让他学泥瓦匠，总之是为他着想，希望他走正道。"

❧

当然，大龙想学泥瓦匠的申请得到了生产队的同意，最终还得有大队领导审批，但他的申请第一关过了，这也是着实让大龙兴奋了一回，同时也让王保生、王根妹兴奋异常。

王保生对王根妹说："这回杨队长和老牛同意大龙学泥瓦匠，我做梦也没有想到。"

王根妹说："这年头年轻人学一门手艺就是出路，如果杨队长和老牛不给我们活路，我们也不会放过他们，总归会想办法把生产队搞得四缸水有三缸浑。"

王保生说："现在他们对我们蛮好，可不能这样了。"

王根妹说："是这样的，要听他们的话了。"

王保生说："我现在担心大队领导会不会批复呢？"

王根妹说："最难的是生产队长这一关，大队只是走过场。"

王保生说："你怎么知道呢？"

王根妹说："生产队已经同意了，大队长不同意，这不是大队长自找麻烦吗？如果他不同意，我肯定会去找他，如果实在不行，我就拿被子睡在他的办公室。"说完，她也嘻嘻笑了。

王保生瞪了她一眼道："这个你有什么好笑的呢？我不明白。"

王根妹说："你瞪我眼睛干啥？我是想，如果我和你拿被子去大队部，那肯定又会被大队长捆起来，我突然想起了，上一次你被捆着睡在仓库地上，你竟然像猪一样睡着了，还打呼噜，越看你越像一头猪。"

王保生端详了她的脸一会儿，说："你说我是猪，那我是公猪，你却是母猪，难道不是吗？"

王根妹说："你才是猪，我不是猪。"

王保生说："大龙能学泥瓦匠，好好的一件事情，你又何必生气呢？"

王根妹说："好，我不与你生气，我也不想生气，那就等大队领导及时批复吧。"

王保生有点急不可耐，说："要不要今天我去找大队长？"

王根妹断然否认了他的想法，说："烧饭要烧一把回火，这个事情去不能烧回火。"

"那怎么办？"王保生问。

"顺其自然吧。"王根妹说。

说完，两个人像一对年轻人竟然又抱又跳的。

且说大队长拿到了大龙学泥瓦匠的那一份申请，大队长却不想让大龙学泥瓦匠。大队长说："大龙这样的年轻人，做事太不牢靠，一是不辞而别，没有组织纪律性；二是如果大队同意他学泥瓦匠，会引起众人不服，这样一个表现不好的人怎么可以让他学泥瓦匠呢？这是一个问题。"

---

大龙一心想学泥瓦匠，但被大队长一票否决了。杨一先和老牛比大龙先得到这个消息，所以他俩第一时间赶到大队部，然后想请大队长"高抬贵手"，同意大龙学泥瓦匠。

杨一先对大队长说："大龙这个人自由散漫惯了，让他务农，他肯定会带坏一批人，不如让他去学做泥瓦匠，他想变坏也只是他一个人的事。"

大队长说："大队是优先考虑平时表现好的年轻人学习手艺，而像大龙这种游手好闲的年轻人，只能让他在田里干活。"

老牛说："那让我学泥瓦匠去，让大龙做生产队会计可好。"

杨一先说："让大龙做生产队会计，大队长同意，我也不同意，道不同不相为谋。"

大队长文化水平也只是小学文化，所以他并不理解什么是"道不同不相为谋"，所以他问杨一先："什么不想为媒，是不是做什么媒人吗？"

杨一先连忙摆手道："不是做媒，我是说我与大龙不是一路人，彼此不说一家话的。"

大队长说："这就对了，像这样不听话的年轻人，就得老老实实在田地里劳动，如果让他们学做泥瓦匠、木匠等，那不是让他们这种不讲道理的人反而沾到便宜了吗？"

老牛对大队长说："刚才我是说让大龙做生产队会计，而让我去学泥瓦匠手艺。"

大队长对老牛说："刚才好像与你说过这一句话了。像你这样的年轻人已是大队干部的培养对象，所以，现在你想学泥瓦匠，也只能你自己想想，说啥我们大队领导也不会同意你去学泥瓦匠的。"

老牛的本意并不是想自己学泥瓦匠，他只是想促成大队长同意大龙学泥瓦匠，他才这样对大队长说的，只是大队长一时并没有理会老牛的意图。老牛说："大队长，请你无论如何答应大龙学泥瓦匠吧，至于我提出学泥瓦匠，只是与你开玩笑。"

大队长对老牛说："我怎么知道你是在对我说玩笑呢？"

老牛对大队长说："不开玩笑地对你说，你不批准大龙学泥瓦匠，恐怕他又会离家出走。"

大队长拍了一下桌子，说："如果他敢离家出走，我不仅会叫民兵捆住他的手脚，而且我还要召开全大队社员会议批判他！"

杨一先对大队长说："我明白了，大队里是不会批准不听话的年轻人去学做手艺的。"

大队长说："我就是这个意思。"

❧

大队长不同意大龙学泥瓦匠这消息像长了翅膀一样传开了。这事大龙也知道了，他真是火冒三丈，誓言要找大队长拼命。那天，他遇见了林妹，他对她说："我想学泥瓦匠，大队长都不让我学，这等于是卡住我的喉咙，不让我活命。"

林妹不太愿意与他说话，但自从他找到女朋友小燕后，她不再那么害怕他了。她对他说："我听说并不是大队长不同意你学泥瓦匠，而是你不符合学泥瓦匠的要求。"

240

大龙说:"学泥瓦匠有啥要求?"

林妹说:"好像是要好学上进啥的。"

大龙说:"我想学泥瓦匠,难道不可以说是好学上进吗?"

林妹说:"你上进不上进,我哪晓得你呀。"

大龙说:"我现在就要找大队长去,如果他再不同意我学泥瓦匠,那我就准备拖他到河里一块死掉算了。"

林妹吃惊不小,对他说:"你不要这样,我觉得,你吃亏就吃亏在自己这一张嘴巴上,毕竟你是小老百姓,你斗不过他们的。"

大龙说:"我表面上斗不过他们,但在暗地里我不会输他们,反正我豁出去了,大不了就鱼死网破。"

林妹说:"你要冷静一点,你还年轻,以后的路还很长。"

大龙说:"如果大队长还不同意我学泥瓦匠,那我真的要远走高飞,再也不回来了。"

林妹说:"你还想离家出走吗?"

大龙走近她,伸手想抱她,林妹发现不对劲儿,身子一闪躲掉了他,然后对他说:"你不要这样,现在你是有女朋友的人了。"

大龙说:"我和她的关系还没有确定,不过,我心里最想爱的人是你。"

　　林妹说："你不要这样说，我感觉你对爱情太随便了。"

　　大龙说："不管你怎么说，你不能否定我俩是青梅竹马吧。"又说："如果你答应与我远走高飞，那我们明天就走，那我也不去找大队长交涉了。"

　　林妹严正拒绝他道："我不会跟你走的，你别痴心妄想了。"

　　大龙说："你怎么舍得我一个人远走他乡呢？"

　　林妹说："我与你一分钱关系也没有，你好自为之吧。"说完，她转身快速走开了。

　　他并不甘心，三步并作两步追上她，并且拦在她面前说："你为何那样敌视我呢？"

　　林妹怕她动手动脚，于是双手抱胸说："你不要拦着我，刚才你说我们是青梅竹马，那么我想劝告你，你要珍惜我们之间的友谊，而不要轻易把它毁掉了。"

❧

　　大队长不同意大龙学泥瓦匠，此事也让杨一先和老牛焦急不安，他们在大队长面前为大龙说尽了好话，但大队长没有改口，还是不同意大龙学泥瓦匠，看来大龙学泥瓦匠这一扇门真的被堵死了。

杨一先对老牛说："现在就去找大龙。"

老牛说："是你去找他，还是我去找他呢？"

杨一先说："我们一块去找他吧。"又说："只好如实向他讲明，是大队不同意他学泥瓦匠，因为他不符合学泥瓦匠的条件，所以大队领导开会决定不让他学泥瓦匠。"

老牛说："你这样说是对的，不能说大队长不同意他学泥瓦匠，如果这样说，大龙他报复心很强的，他会伺机报复大队长的。"

杨一先说："大龙不可能安分守己待在生产队劳动，他很可能会再次离家出走。"

老牛说："你怎么知道他会离家出走呢？"

杨一先说："是我估计的。"

老牛说："我也猜测他会再次离家出走。"他一拍大腿说："有了，我们可不可以私下让他去学泥瓦匠，如果大队长问起这个情况，就说大龙离家出走了，不知道他现在哪里？"

杨一先说："这倒是一个方法。他想学泥瓦匠，也不是坏事，他也在追求向上，那我和你就允许他到外面学泥瓦匠，如果大队长问起这个事情，那我俩就假装并不知道。"

老牛说："那就这样做吧。"

这时，林妹急匆匆地走来了。

杨一先知道林妹与老牛有一点关系，所以，他识趣地说：

"那你们谈，我先去找大龙，劝劝他几句话。"

林妹对杨一先说："你不要走，我刚才遇见大龙的，他说大队长不同意他学泥瓦匠，他说要找大队长报复，所以，我来告诉你们。"

杨一先问道："他还说了什么？"

林妹低头不说话了。

老牛说："他是不是骚扰你了？"

林妹说："这个倒是没有，他只是对我说，叫我跟他远走高飞。我当即拒绝，我对他说，他已经有女朋友了，我是不会跟他走的。"

老牛说："后来呢？"

林妹说："后来我就走了，后来我就不理他了。"

老牛说："你做得对。近朱者赤，近墨者黑，大龙不是一个上进的年轻人，其实他很消极的，你应该离他远一点儿。"

林妹说："我晓得的，不会与他走近的。"

杨一先手一挥道："老牛，走，现在我们一块去找大龙，听听他的想法，然后也与他讲讲我们的想法，总之要把这件事情处理好！"

　　大队长不同意大龙学泥瓦匠，这事大龙已经知道，大龙觉得自己的前途被大队长堵死了，所以他就想找大队长"先礼后兵"，就是先向他求情，如果他仍然不同意，那么就对他动手了，至于怎样动手，大龙也已经想好了，他不会让父母拿被子到大队部闹事，这回他亲自出马，你大队长到哪里，就跟到哪里，你坐在桌子上吃饭，那他也坐在桌子上吃饭。

　　大龙来到了街上，找到了一家理发店，对着理发师说："你给我剃个光头。"

　　理发师说："你不是说这个头发一直要留起来吗？"

　　大龙说："不留了，我们大队长欺负人，不让我学泥瓦匠。"

　　理发师说："那你理光头干啥呢？"

　　大龙说："如果大队长还不同意我学泥瓦匠，那我就出家。"

　　理发师真以为他想出家，说："出家，哪个寺院会收你呢？"

　　大龙说："人是活的，这里没有寺院，外地肯定有寺院的，真要出家，我想肯定能够找到寺院的。"

　　理发师说："你出家了，就不能结婚生孩子。"

　　大龙说："啊，出家为什么不能结婚生孩子呢？"

　　理发师说："你这个都不懂，以后就不要说出家。"

　　就这样，大龙剃了一个光头。他准备找大队长"求情"
去了。这时，杨一先和老牛都在寻找他，有人告诉他们，看
到大龙往街上走的，于是他俩就想到街上寻找他。因为就想
把他找到，就担心他到大队部闹事。

　　正巧杨一先、老牛在路上与大龙相遇了。因为大龙听说
队长、会计都同意他学泥瓦匠的，所以这回他对两位队领导
态度还是比较温和。

　　杨一先看到他剃了一个光头，说："你剃了光头，险些认
不出你来。"

　　大龙说："谁想剃光头啊，我是被逼的。"

　　杨一先说："有谁逼你剃光头呢？"

　　大龙说："大队长不同意我学泥瓦匠，这不是把我往死路
上逼吗？"

　　老牛说："三百六十行，行行出状元，如果你学不成泥瓦
匠，以后总有机会可以学习其他手艺啊。"

　　大龙说："这可以啊，我学不到泥瓦匠，那让我学木匠可
以吗？"

　　杨一先说："既然大队没同意你学泥瓦匠，木匠应该说也
不会同意的，因为泥瓦匠和木匠都是需要大队同意的呀。"又
说："大龙，你现在去哪里？"

　　大龙说："我去找大队长，当面问他一声，为啥不同意我

学泥瓦匠呢？"

　　虽说老牛吃过大龙不少苦头，但老牛晓得一个道理，那就是"既生瑜何生亮"。他想如果大龙飞不走，那只好留在生产队种田，那么老牛也不一定是他的对手。所以，老牛从心里完全赞成让大龙学泥瓦匠，这样大龙在外面干活儿，也容易与他处好关系。

　　现在听大龙说要找大队长，而且为了找大队长，大龙居然还剃了光头，可见他是有备而来。不过，杨一先和老牛都晓得，大队长并不同意大龙学泥瓦匠，所以，即使大龙去找大队长，大队长并不会答应他学泥瓦匠的要求。所以，杨一先和老牛想劝阻大龙不要去找大队长。

　　"你知道整个大队想学泥瓦匠和木匠的年轻人很多，这回大概只批准了一二个人学泥瓦匠和木匠吧。"杨一先说。

　　"那一二个人学泥瓦匠是谁呢？"大龙问道。

　　"这个我不太清楚。"杨一先说。

　　"他们为啥可以学泥瓦匠，而我为啥不可以学泥瓦匠呢？"大龙又问。

　　"哪一个人学泥瓦匠，哪一个人不能学泥瓦匠，这是大队领导讨论的，而我和老牛一致同意你学泥瓦匠，事实上你种地力气是有的，但你心不在田里，我们感觉你早晚要像一只小鸟飞走的。"杨一先说。

"听不懂。"大龙有些生气。

老牛对他说："杨队长说的话都是心里话，就是感觉你在外面可以大有作为的，而在生产队劳动就是埋没人才，所以我和队长都支持你学泥瓦匠。"

"你们这样想，那我对你们没意见，但大队领导不同意我学泥瓦匠，所以我现在就要去找大队长，我要他一句说法。"大龙说，脸上还是气呼呼的。

又说："不管怎样，我学泥瓦匠是铁了心的，明天我就要外出学泥瓦匠了。"

杨一先走到大龙跟前，拍了拍他的肩膀说："你的犟脾气又来了，如果你找大队长这么一说，你明天能走得了吗？肯定会被民兵们拦住你的，说得严重一点，你又会被民兵们捆住手脚，上次你在大队部捆住手脚，我和老牛把你救走的，如果这回你又被捆绑，那谁还会去救你呢？"

"谁再敢捆我，我说过了，要么你们把我捆到死，只要我活过来，我就把谁捆我的家一把火烧光。"大龙说，有点儿杀气腾腾。

"如果你真能这样倒是一条好汉，问题是你放火就是犯罪，真的你要吃官司的呀。"杨一先说。

"如果不让我学泥瓦匠，那我就去吃官司，这也不错。"
大龙说。

"你这么想吃官司？"杨一先问道。

"我一心想学泥瓦匠，吃官司不是我所想的，这是我要讲
清楚的，但我不怕吃官司。"大龙说，他是一脸怒气。

---

看来，一时也劝说不了大龙不去找大队长。杨一先对大
龙说："你先慢点去找大队长，你想学泥瓦匠，我和老牛意见
一致的，都支持你学泥瓦匠。"

大龙说："可是，你们没有审批权，这个审批权在大队长
手里。所以，我要去找他。"

杨一先说："那你的目的就是想学泥瓦匠，你和大队长硬
上，结果他还是不会让你学泥瓦匠的。"

大龙说："也是，他手下有民兵，可以捆绑我的手脚。"

老牛说："我倒有一个办法，不知道行不行？"老牛又说：
"这个办法是刚才突然想到的，还没与杨队长商量过，纯粹是
我的一家之言。"

大龙说："你讲。"

老牛对他说:"你先回避一下,我与杨队长商量一下。"

大龙说:"那你们谈,我现在就去找大队长。"

杨一先叫住他道:"你现在去找大队长,你一点好处也没有。"

大龙说:"我准备被民兵们捆起来。"

杨一先说:"你等一下,我与老牛有事商量一下。"

大龙没再走人,而是站在不远处转悠。这边,杨一先和老牛为了大龙的事,正在商量对策。

杨一先说:"现在我们不叫大龙去找大队长,但我们这样跟他说,他并不会领情,他的脚长在他身上,他想到哪里就可以去哪里,这是他的自由。"

老牛说:"大龙去找大队长没用的,我倒有一个主意,不知道行不行?"

杨一先问道:"你有什么主意?"

老牛说:"我们干脆提醒大龙,你就离家出走吧。"

杨一先说:"这个主意蛮好,就是大队长知道后肯定一棍子打下来,我和你都会被挨一板子。"

老牛说:"如果大队长真的要处理我们,那我就直接找公社张主任去,他对我说过,碰到难题可以直接找他。"

杨一先突然想起来了,老牛还是张主任的救命恩人。这下,他终于想明白了,说:"那就这样,我们对大龙说,你可以不声不响地离家出走，你想在外面学什么就学什么。"

老牛说："那就这样吧。"

于是，杨一先和老牛对大龙说了他们的想法，不料大龙说："明人不做暗事，让我离家出走，我不同意。"

杨一先想发火了，但他还是忍住了，他无奈地对大龙说："如果你不同意我们的想法，那你自己看着办吧。"

　　　　　　　　　　❦　　　　　　　　　　

无奈之下，杨一先和老牛商量下来，对大龙说，你还是不要急于去找大队长，这样一锅饭要烧夹生的，那可不好了。

杨一先对大龙说："要不去征求一下你父母的意见呢？"

大龙大手一挥说："他们听我的，我从来不听他们的话。"

老牛说："不听老人言，吃亏在眼前。我觉得听听你父母的意见，你再去找大队长也不迟啊！"

大龙说："你们想找我父母干什么？"

杨一先苦笑了一下，说："你不是想学泥瓦匠吗？现在我和老牛都同意你学泥瓦匠的，是你自己脑袋不开窍。"

老牛对大龙说："杨队长说得对，是你自己不想学泥瓦匠了。"

大龙感到很疑惑："我哪里不想学泥瓦匠呢？"

老牛说："杨队长和我商量下来，让你离家出走，这就是变相让你学泥瓦匠，你明白了吗？"

大龙说："我明白啊，但这个学泥瓦匠不是明正言顺，所以我不想干。"

杨一先对他说："如果你不想这样做，你就学不了泥瓦匠。"

大龙说："你们现在说的蛮好听，让我离家出走，一旦我真的走了，你们就去找大队长，让民兵把我抓回来，这样我就惨了，我的一生就毁了。"

杨一先说："刚才我和老牛商量的，如果大队长真知道此事，那我们还有最后一根稻草。"

大龙说："什么最后一根稻草？"

杨一先指着老牛说："你还记得吗？有一天，公社革委会张主任来我们生产队视察工作，结果被一只狗狂追，是老牛拦住了那只狗，就这样张主任转危为安。所以，张主任自己都说老牛是他的救命恩人。所以，如果大队长抓住你的小辫子不放，那就让老牛直接找张主任，当然这根最后的稻草不到最危急的时候，我们是不会用的。"

老牛也对大龙说："杨队长说的是真心话，听他的话不会错。"

大龙说："那我再想想办法。"

经过杨一先和老牛的一番思想工作，大龙的思想有所转变，他表示先不去找大队长，而是静观其变。他在回家的路上，遇见了林妹。林妹知道他已经有了女朋友，所以对他不那么害怕了，若是在原来，她看见他就会躲避他的。

"你愿意跟我远走高飞吗？"大龙拦在她的面前说。

"你不是有女朋友了吗？"林妹说。

"我和她认识的时间不长，和你是青梅竹马。"大龙死皮赖脸地说。

"我跟你没什么好谈的。"林妹说完，便加快脚步走了。

———

大龙追上她，并且拦在她的面前，笑嘻嘻地说："我没跟你开玩笑，你跟我远走高飞吧。"

林妹说："你不要拦我，被别人看到就不好了。"

大龙没让，说："我就是要让别人看到。"

林妹说："你拦我也没用，反正我不会看上你。"

大龙说："我知道你看上老牛了。"

林妹说："我看上谁要你管吗？"

大龙说："我和你青梅竹马长大的，我管你不可以吗？"

林妹说："我有父母管，轮不到你来管。"

　　大龙说："如果我偏要管你呢？"

　　林妹说："你臭不要脸。"

　　大龙说："哎哟，你骂我臭不要脸，那我就臭不要脸抱抱你。"说着，他伸手欲抱林妹，林妹身子往后退着。这时，有一个人出现了，来人正是老牛。老牛拦在了大龙面前，说："大牛，你想干吗？"

　　"我和林妹逗着玩。"大龙说。

　　"不是，他拦住我，不让我走。"林妹指着大龙说。

　　"但是，我有话想对她说。"大龙说。

　　"那林妹你暂时别走，听大龙怎么讲？"老牛对林妹说。

　　"我和她说的话不能让其他人知道。"大龙说。

　　"也行，你对林妹当面说吧，我转过身子不听你们说话。"老牛边说，边转过了身子。

　　林妹在考虑。

　　不料，大龙却转身走了。

　　老牛走到林妹面前说："刚才你吓着了吗？"

　　林妹说："他就想对我动手动脚，若不是你出现，我就被他欺负了。"

　　老牛说："大龙就不是什么好人。"

　　林妹说："他要我与他远走高飞。"

　　老牛说："那你怎么回答他的呢？"

林妹说："我对他说，你愿意去哪里就到哪里去，反正我是不会跟着你走的。"

老牛说："他说要远走高飞吗？"

林妹用肯定的语气说："他就是这样说的，刚才发生的事，我记得很清楚。"

老牛说："我支持他远走高飞。"

林妹不解，说："你为啥支持他远走高飞呢？"

老牛说："一粒老鼠屎坏了一锅粥，像大龙这样的三角石头留在生产队就是一根硬钉子。我知道，或者他就像一颗定时炸弹，不知道什么时候就要爆炸。"

又说："如果他不留在生产队，有些事情我就放心了。"

林妹见他欲言又止，便问道："有啥事情能让你放心呢？"

老牛看了一下四周，然后轻声地说："他不在生产队，你就看不见他了，他就无法欺负你了。"

❦

因为前任队长、副队长，还有宋会计他们私分集体财产，所以他们都受到了法律的制裁。杨一先走马上任做队长，面对的是一个乱哄哄的烂摊子。特别是这几位前领导的家属都对杨一先和老牛怀恨在心。

副队长的妻子，绰号叫大女人，因为她身材肥胖，所以有了此说。那天夜里，大女人找到大龙，对他说："你在我眼里，生产队里数你最能干的年轻人了，我有一事相托，不知道你愿意不愿意？"

大龙说："你都没说什么事，我怎么知道自己愿意不愿意呢？"

大女人说："我男人应该比队长早放出来，以后他还是会有机会做队长的，等他放出来，我希望你能支持他当队长，并且我还可以让他提拔你做副队长，你愿意吗？"

大龙看了她一眼说："我不愿意。"

大女人说："你为啥不愿意？"

大龙说："即使让我做队长，我也不愿意。"

大女人说："你不愿意是什么原因呢？"

大龙说："以前我不知道外面的世界，认为队长很了不起，现在我知道外面的世界了，什么队长，什么副队长，已经不在我的眼睛里了。"

大女人说："这么说，你眼界高了啊！"

大龙不无得意地说："是啊，我觉得以后吧，我会是本生产队最有出息的一个人。"

大女人有些惊讶地说："那你会干什么呢？"

大龙说："我想远走高飞，早点儿离开这里。"

大女人说："如果我年轻一些，我就想跟你一样远走高飞，因为我早已厌倦了这样的生活。"

大龙说："那你也可以远走高飞啊。"

大女人说："我拖儿带女的，能远走哪里呢？"

大龙说："你不用担心，外面的世界非常广阔，外面本事大的男人多的是，你可以再嫁本事大的男人啊！"

大女人说："嫁鸡随鸡，嫁狗随狗。我头一个男人没嫁好，第二个男人也不想嫁了。再说，他快回来了，倘若我不在家里不，他会满世界找我，本来一家人蛮太平，那就不得安宁了。"

大龙说："没有其他的事，你就走吧。"

大女人说："我知道你喜欢林妹，要不要我给你做媒人？"大女人又说："我和林妹的娘关系非常好，她让我给林妹做媒人呢？"

大龙惊奇地问："此话当真？"

大女人说："如果我做成你们这一对媒人，你该怎么报答我呢？"

大龙说："我叫你干妈行吗？"

那时，屋子外面开始下雨了。而大女人家就在附近，于是大女人对大龙说："你要不到我家屋子里避雨？"

大龙擦了擦脸上的雨水，说："好吧。"

她走在前面，他跟着后面。

屋子里没有一个人。

……

大女人说："大龙，今天晚上我就去林妹家给你做媒，如果做成这个媒人，你给我什么好处？"

大龙说："不是说做媒人成功，要给媒人一只猪腿吗？"

大女人说："是这样的。"

大龙说："那我也送你一只大猪腿。"

大女人说："我可不要大猪腿。"

大龙问："那你要啥？"

大女人没说话"

大女人说："等他回来了，你和林妹谈对象也差不多了吧。"

大龙说："如果他回来了，那我和林妹妹也该结婚了。"

大女人说："你这样说，我也就放心了。"

大女人又说："以后，你在外面就叫我干妈。"

大龙说："这几天，我就要远走高飞，以后我们也难得见面的。"

大女人说："那你在外面要保重身体。"

大龙说："你不想副队长吗？"

大女人说："他是我男人，我想他也是应该的呀。"

大龙和大女人在屋子里说话，被五保户老陈看到了，他并没有去敲门，而是想找杨一先和老牛，告诉他们这件事，并借此狠狠整治一番大龙。

半途，老陈遇见了老牛。对他说了这一个事。老牛将信将疑。老牛说："他俩年纪相差十几岁，他俩相好怎么可能呢？你是不是眼睛看花了？"

老陈拍拍胸脯道："我亲眼看见大龙跟着大女人进屋子里的。"

# 第五章

# 我们村上兄弟

当老牛和老陈赶到大女人家时，看见她家的大门开着，只有大女人一个人在家，而不见大龙的身影了。

老牛对老陈说："大龙不在她家啊！"

老陈说："大龙肯定躲藏在她家的屋子里。"

老牛说："即使他躲藏在这个屋子里，你能说他俩抱在一块吗？"

老陈说："我看见他俩鬼鬼祟祟，肯定不会干啥好事。"

老牛说："捉贼要脏，捉奸要双，现在大龙不在她家，你就不能说他们鬼混了。"

老陈说："那下次我看见大龙进了她家，马上冲进去捉奸。"

老牛愣了一下，他笑笑："你已经是七八十岁的老人了，被大龙推一把你一跤跌下去，若你起不来怎么办呢？"

老陈说："我是一个快死的人了，那我就一头撞死在他们身上。"

老牛说："你犯不着这样的，更何况这事情万一不是咱们想的那样，不能胡乱冤枉好人。"

其实，大女人在屋子里看见老牛和老陈的，她缩在屋子里没有走出门来。当然，老牛和老陈也没有随便到她家里。

当天夜里，大女人真的来到了林妹家里，在平时，大女人很少到林妹家串门儿的。林妹妈看见大女人上门，微微一笑道："大女人，无事不登三宝殿，你来做啥事呀？"

大女人嘻嘻一笑道："我是来想好处的？"

林妹妈说："我又不是男人，你想我啥好处呀？"

大女人伸手捶了她肩膀一下，说："如果我是男人，肯定忍不住要来吃你的豆腐。"

林妹妈说："你说话轻点，如果被我男人听到，他吃你豆腐我不管。"

大女人又嘻嘻一笑说："你男人胸怀好大啊，你被别的男人吃豆腐，他会睁一只眼闭一只眼吗？"

林妹妈说："我不是这个意思，我是说，我男人吃你的豆腐，看你屁股圆圆的，如果我是男人，我的魂肯定被你一下子勾去了。"

大女人说："不与你说荤腥话了，我直接问你一个问题，你女儿林妹找对象了吗？"

林妹妈说："她还小，找对象太早了。"

大女人说："不早了，旧社会十三四岁就要做童养媳的，林妹应该有十七八岁了吧。"

林妹妈说："我男人是非常反对早恋的，你要做媒人，我这一关无所谓，但我男人这一关是过不了的。"

大女人说："老话说，早生儿子早得福，林妹都长成大姑娘了，是到谈婚论嫁的时候了。"

---

大女人在屋子里张头探脑，她问道："你女儿人呢？"

林妹妈说："刚才还在家的，也可能到外面玩去了。"

大女人说："今天我想来做媒人的。"

林妹妈问道："你给谁做媒人呢？"

大女人说："干儿子。"

林妹妈说："你有干儿子，我怎么没有听说过？"

大女人说："我认他做干儿子好多年了，你怎么会不晓得呢？"

林妹妈说："你干儿子是谁呀？"

大女人说："就是大龙啊！"

林妹妈笑着用手拍了一下大女人的头说："大女人，你男人不在家，是不是想男人啦？"

大女人说："你这么说啥意思？"

林妹妈说："你男人不在家，你却在家认干儿子，你说你是不是想男人了。"

大女人假装微笑，伸手也拍了林妹妈的头一下，说："你不要瞎说，这个干儿子是老早就认的，在我男人未吃官司之前就认的，这个我不会记错的。"

林妹妈说："你想把我女儿介绍给他，我直接对你说，我不同意。"

"你不同意，有什么原因？"大女人飞快地说。

"具体什么原因要我说吗？"林妹妈反问道。

"你不说，我怎么知道呢？"大女人双手一摊说。

"哎，我不是说你，你就不应该把我女儿说给大龙，我女儿生性软弱，心地善良，而你干儿子呢，从小不做好事，在我印象里，他就是一个坏小孩，不是说三岁看老吗，我觉得即使他长大了，也很难学好的。"林妹妈一五一十地说。

"你说得没错，但我要纠正你一个说法，你说你女儿软弱，所以我想她就应该找一个强悍一点的对象，这样就叫互补，你说他从小就做是一个坏小孩，我对你说，这不叫坏小孩，而是聪明机智，我觉得你找我干儿子总比找一只呆头鹅强多了。"大女人一一反驳道。

"我还是喜欢你说的呆头鹅，这样的婚姻能够长长久久。"林妹妈说，她的态度从容和镇静。

"我和你正好相反，我觉得宁可找败家子，不要找呆头鹅，在我们生产队，我干儿子就是一个心思活络的年轻人，我看好他，而像老牛就是一只呆头鹅，别看他现在是生产队会计，但至多也是这样一个小队会计，没有什么前途。"大女人说。

"哎，你说的不对，你说啥，我也不会同意女儿嫁给你干儿子的，至于我女儿嫁给谁，我和她爸也没有权力决定，只有她自己能决定，现在讲究恋爱自由，你说对不对？"林妹妈的眼睛盯着大女人的脸说。

大女人自以为与林妹妈关系亲密，却不料在林妹妈面前碰了一鼻子灰。临走的时候，她十分气恼地对林妹妈说："那你要看好林妹，不要让她肚皮大起来。"

"你说这种话，以后就不要来我家了。"林妹妈毫不客气地回怼。

"我是好心好意提醒你一声，你真是狗咬吕洞宾不识好人心。"大女人说。

"行了，你以后也不要打我女儿的主意，我告诉你，本生产队我女儿一个也不会找。"林妹妈说，说话声音很响亮。

"你女儿找不找，关我啥事呀？我只是提醒你，你想啊，那些小公鸡见到小母鸡都要强搂强抱，你女儿长得越来越水灵了，我让你看好她，有啥地方不对呢？"大女人说，她说话像机关枪，突突突连发子弹。

"你讲得最好我也不要听了。"林妹妈不再跟她说客套话，而是斩钉截铁地说。

"好好好，算我自讨没趣。"大女人说。

就这样，她灰溜溜地走了。

不过，她在大龙面前拍过胸脯，她说大龙和林妹这门亲事包在她的身上，一副信誓旦旦的样子。那么，这样的结果又怎么对大龙说呢？她一时也想不出个所以然来。

她走到家门口的时候，发现窗户那里有一个人影，因为是在自家门前，所以她并不害怕，勇敢地走了过去，那人也并没走开。大女人走近一看，这才发现是大龙。

大女人问道："你怎么在这里？"

大龙说："听你说要为我做媒人，我心急，就想知道结果。"

大女人叹了一口气，说："哎，与那个女人讲不到一块，她不同意林妹与你做对象，而且是一口回绝的，像一只玻璃瓶子滴水不漏，真拿她一点儿办法也没有。"

"你不是说她是你闺蜜吗，怎么会对你这么不客气呢？"大龙说。

"大概她今天吃错药了。"大女人说，又说："她把你说得一文不值，估计你哪个地方得罪过她。"

"我从来没有得罪过她啊。"大龙说，好像一脸的委屈。

"她说的话都不好讲给你听，总之是非常难听的。"大女人说，看来她真的是生气了。大女人又说："要不你到屋子里坐坐？"

大龙说："你家孩子呢？"

大女人说："到她外婆家去了。"

大龙说："那好。"

大女人伸手拉他道："到屋子里再说。"

---

他俩关上房门，并不知道外面有一双警惕的眼睛。他就是五保户老陈。他非常高兴，他坚守在那里几天，终于可以将他们捉奸在床了。

老陈不知道老牛在哪里，所以，他找到一户邻居，对邻

266

居说："大龙与大女人在鬼混。"

邻居说："你到底看清楚了没有？"

老陈说："我看得清清楚楚的，大龙一到大女人家就关上门的。"

邻居说："你是一个人过生活，我是一家人过生活，所以，我是不会与你一块去捉奸的，你要捉奸就一个人去，我是不会去捉奸的。"

邻居明确地拒绝了他。

老陈说："那你去找老牛过来，我和老牛一块去捉奸。"

邻居说："你怎么了？你一大把年纪了，这种闲事不要去管。"

老陈说："大龙这小子坑害过我，我当然不会放过他。"

---

当老牛来到了大女人家门口，这时已经有七八个人聚集在那里了。老牛无法确定大龙就在大女人家里，如果在的话，那今天"捉奸成双"应该被捉成了。

但老牛却换了个角度考虑问题了，倘若大龙和大女人当场被捉奸，那他俩就会臭名远扬，并且大女人这个家很可能就被拆散了，严重的甚至会闹出人命。

所以，老牛决定将聚集在那里的人驱散。

老陈对老牛说："大龙还在屋子里，现在可以去敲门了吧，这回他总算逃不掉了。"

老牛说："不，你回家去。"

又对着聚集在那里的男社员女社员说："大家都马上回去，这里没有什么东西好看的。"

有人说，不是大龙在大女人的屋子里吗？应该把他叫出来，不能便宜这个小子。

还有人说，对于这种伤风败俗的事情就应该揭露它，处罚它，这样社会风气才会好一些的。

老陈说："我在这里等了好几天才等到这一天，不行，今天一定要当场捉奸。"

老牛对他说："你考虑到后果没有？"

老陈说："什么后果？"

老牛说："你吃过大龙不少苦头的，他是怎样的一个人，你不知道吗？"

老陈说："我知道啊，他是一个劣迹斑斑的人。"

老牛："没错，他就是这样的一个人。所以，他知道你来捉奸，他肯定不会放过你，又会做出一些坏事情出来，不知道你能承受得过来吗？"

老陈说："我不怕他，我准备这一把老骨头就死在他的

268

手上。"

老牛说："还有，大女人被你捉奸了，她跳河自尽，或者上吊自杀，你能怎么办？"

老陈说："这个与我无关，是他们自作自受。"

老牛说："我是说我们不是怕他们，而是牵扯到很多问题，所以你想捉奸，对你一点好处也没有。再说，大龙想学泥瓦匠，大队长不同意，他的情绪不正常，所以，我劝你不要去惹他。"

老牛极力阻止老陈捉奸。最后在老牛一而再再而三的劝说下，老陈最终打消了捉奸的念头，他打道回府了，其他在场的男社员女社员也便散了。

老牛担心老陈会想不通，又赶到他住的小屋里，对他说："这件事就到此为止，您年纪大了，最重要的是自己保重身体，而不要去多管闲事。"

老陈说："好的，以后我再也不会去多管闲事了，只管好自己！"

---

阿牛劝说老陈不要捉奸的事，大龙很快知道了。

大龙虽说心术不正，但他也知道阿牛为他好，他应该是

一个明白人，所以他对阿牛内心非常感激。那天，他找到老
牛对他说："谢谢你，现在我知道你把老陈和其他人劝走的，
要不是你这样做，那天我就出洋相了。"

老牛说："这是我应该做的。"

大龙说："不过，很可能大家误会我了，她是我干妈，我
找她商量一点事儿。"

老牛说："我看大家情绪都很激动，都要破门而入。"

大龙说："可我真是找干妈商量事情，我们哪会做那种事
情呢？"

老牛说："这个事情有点儿说不清楚。"

大龙说："是的，即使我有一百张嘴巴，这事也是说不清
楚了。"又说："不过，我对老陈这个老东西，我会给他一点
颜色看看的。"

大龙说话的样子，脸部表情是凶狠的。老牛心想，大龙
这么说，可能真会这样做，那么老陈就会遭殃了，这可不行，
不能让老陈受到一丁点儿的伤害。

老牛对他说："你不能对老陈这样的，他上了年纪，可受
不起惊吓，万一你把他吓坏了，你可就惹上大麻烦了。"

大龙说："我总得教训他一下。"

老牛说："老陈最后还是听我话的，他是第一个走回家去
的，现在你想报复他，你没想过此事已经处理好了，又一次

会被村庄里的人议论纷纷呢。"

大龙说："如果这事就这样揭过去了，这老头以后更会有恃无恐。"

老牛说："我已经多次劝说他，以后不要多管闲事，只要管好自己一日三顿饭。"

大龙说："你说得对，像他这样的老头就应该多吃饭，少管闲事。"

老牛说："看在他年纪大的份上，就不跟他计较了吧。"

在老牛耐心的劝说下，大龙打消了报复老陈的想法，表示不与他计较此事了，就让这一件事情随风飘去。

大龙忽然想到了什么，他问老牛："我对你不太友好，你为何还要帮助我呢？"

老牛想了想说："因为我们是村上兄弟，而且这事儿传出来，大女人在这个地方活不下去了，我不想因为这种子虚乌有的事儿惹出人命来，但你要好好看看自己，看看村子里的人，看看你干妈，多为别人想想。"

大龙沉默了，发自肺腑地说："你是我的好兄弟。"

故事已经接近尾声。虽说杨一先、老牛为大龙学泥瓦匠有事找大队长好几回，但大队长依然不同意。所以，大龙最后还是按照杨一先和老牛的方案办了，他不声不响地走了。临走的那天，他给老牛留下了一封信。此信摘要如下：

　　老牛好兄弟：长话短说，我要走了，我要到外面去学手艺了，我做了很多伤害你的事，这里我说一声对不起，希望你能原谅我。好兄弟，多保重，我们后会有期。还有，林妹是你的女人，我不纠缠她了，愿你们的爱情美好和幸福。而我也会有很好爱情的，对此我也相信自己。再见了，好兄弟。最后，我再说一遍，好兄弟，我对不起你！